文芸社セレクション

とわいす・とおるど・てえるず

風団 絲

FUDAN Ito

文芸社

目次

とわいす・とおるど・てえるず

隊長は欲はなかった

一

「今度の連休が過ぎたら、そっちに行く予定があるので、できたら会いましょう」

そう言って啓介が電話してきたのは、四月も終わりに近い二十八日のことだった。その日はちょうど亡父の祥月命日にあたっていた。

この前、啓介に会ったのは十年前、父の葬儀の折だった。早くに母を亡くし、真梨子と兄は男手ひとつで育てられたが、後年、兄は父に反発し、家を出て行ったきり、今も音信不通になっている。一度、大阪で見かけたと教えてくれた人が二人ほどいたので、どこかで生きているのは確かなのだろう。そんな兄に代わって、葬儀の手配はすべて夫の良夫がしてくれたが、父を亡くして言いようのない喪失感にとらわれていた真梨子にとって、遠方から啓介が駆けつけてくれたことはうれしくもあり、心強くもあった。

　啓介とのつき合いはもうかれこれ二十五年になる。もともと二人は同じ職場の先輩と後輩という間柄で、年下の真梨子の方が先に入社していた。二人が同時に在職していたのは二年ほどだった。その後、真梨子が退職して実家に戻ってからも年賀状のやり取りから、どういうわけか近況報告へと発展し、今に至っている。つき合いといっても、啓介は東京、真梨子は函館と遠く離れているので、そう簡単に会える距離ではなかった。それでも、旅行好きの啓介は旅先からまめに絵葉書を送ってくれたり、家族連れで当地を訪れたりしたことも二度ほどあった。

　真梨子は忘れた頃にひょっこり届く啓介からの絵葉書をいつしか楽しみにするようになっていた。そんな絵葉書の中には外国から届くものもあった。啓介はアジアが気に入っているらしく、活気にあふれたタイの水上マーケットや水墨画さながらの桂林の風景や神々しいタージ・マハルの夕景などが、葉書に貼られた切手とあいまって真梨子の目と心を楽しませてくれた。滅多に遠出をすることのない真梨子にとって、啓介の絵葉書はまさに日常性を打破するよい刺激となっていた。

　結婚前から続いている啓介との交友は夫の良夫も勿論知っていて、いわば公認の間柄だったが、たまに啓介から封書が届いても――内心はいざ知らず――ほとんど関心を示さない夫の態度に真梨子は一種の物足りなさを感じるのだった。良夫は自宅で建築の請負の仕事をしていたので、郵便物はいっしょに事務所の方に届くようになっていた。そのため啓介からの便りは良夫から「ほい」といって真梨子に手渡されることが多かった。

——男性からの手紙なんだから、すこしは妬いてくれてもいいのに。

真梨子は幾度となく、そんなふうに思った。良夫とは見合い結婚で一緒になったが、真面目で誠実そうな良夫の人柄に真梨子の方が惹かれたかたちだった。

連休が明けるまでの一週間あまりを真梨子は何となく落ち着かない気持ちで過ごした。良夫は休み返上で仕事に忙殺されていたし、二人の子供たちは、それぞれ高校と中学でクラブ活動にいそしんでいた。連休だからといって家族で出かけるなど望むべくもなかった。ひとり取り残された感じの真梨子は、有り余る時間をつかって久し振りに美容院へ行ったり、ようやく春らしくなった庭の手入れをしたり、函館の地図を広げて啓介をどこに案内しようかな、などと思案してみたりした。

そうこうしているうちに、啓介と会う約束の日がやってきた。その日、真梨子は家族を送り出すと、てきぱきと家事を済ませ、鏡の前に腰を下ろした。やや疲れた表情の中年女性が自分を見返している。この顔を啓介の前にさらさなければならないかと思うと、真梨子は少し憂鬱になった。

——もう若くないのよねえ。

ほっと短く溜め息をついて、なおもしばらく鏡面を見つめた後で、真梨子は抽斗から新しい口紅を取り出した。

——たまには色を変えてみようかな、春だし。

そう気を取り直して、真梨子はいつもより入念に化粧を試みるのだった。


列車の関係で、約束の時刻よりだいぶ早く函館駅に着いた真梨子は待合所のとなりの土産物売り場をぶらぶらしていた。この地の見慣れた特産物を観光客の目で見るのはなかなか難しかった。とは言え、啓介への土産は手にした紙袋の中にすでに用意してあった。

十時五分前に啓介が待合所に現れた。当地ではちょうど桜の季節にあたっていたので、平日にもかかわらず待合所は賑っていた。周りの喧騒に掻き消されそうな声で再会の挨拶を済ませると、二人は並んで駅を出た。

久し振りに見る啓介はやはり老けたなという印象だった。眉間の皺が心なしか深くなっているように思われ、この十年間が決して平坦ではなかったことを物語っていた。こちらがそう感じるように、相手の目にも自分が同様に映っているに違いないと思うと、真梨子は自然と上目づかいになった。

それでも、お互い交わす会話のもつ雰囲気は現役時代のままで、少しも違和感を感じさせなかった。

「ところで、今回のご旅行の目的は？」

啓介が五稜郭に行きたいというので、市電の停留所の方へ歩きながら真梨子が尋ねた。

「あなたに会いに来たんですよ」

啓介は平然と言い放った。

「まあ、光栄だこと」

冗談とも本気ともつかない啓介の言葉におどけて答えたものの、真梨子は内心ドキッとした。

――いったい、自分たちの関係はどういうのだろう。

時として真梨子はそんなことを考える。ちょっとしたきっかけから交流が始まり、今ではかなり深刻な内容まで話し合う間柄になっている。

啓介は真梨子より年上でありながら、結婚したのは真梨子よりもずっとあとだった。そのため、啓介からの相談は主として結婚生活に関するものだった。その点では先輩の真梨子は実に親身になって相談に乗った。

職場の上司の一人娘との結婚は啓介にとって幸せと呼べるものではなかった。結婚後しばらくして妻は自分をさらけ出すようになった。というよりは、自分を飾らなくなったという方が適切かもしれない。悉く意見の違いが目立つようになった。共通の趣味である旅行についても、些細なことで旅先で口論することも度々だった。そんな不和の状態は、啓介が会社を辞めて独立し、広告代理店を始めると、より激しさを増した。雇われていたときは会社のネームヴァリューを利用できたが、いざ自分で始めてみると、なかなか思うようには事が運ばなかった。結果、収入は減り、ますます妻は不機嫌になった。

それでも、子供ができれば事態が好転するかと期待したが、その子供が問題だった。結婚後二年経って長男が誕生した。初めのうちは二人とも大喜びで、啓介も積極的に育児に参加したが、一年、二年と経つうちに何となく違和感を覚え始め、保育園に入って、その不安は現実のものとなった。

保育士の話では、長男は他の子供たちと適切なコミュニケーションがとれないとのことだった。今にしてみれば、そう言えば、と思い当たる節がいくつもあった。専門医にみせたところ、自閉症と診断された。

医者の話では、自閉症は〝症〟とはいっても、病気ではなく、性格であって、もって生まれたものである。したがって、症状を緩和する工夫はできても、治すことはできないので、これから先、うまく付き合っていくしかないとのことだった。

これで決定的だった。修復しかけていた夫婦の間には越え難い溝ができてしまった。妻の表情からは笑顔が消え、なんで自分がこんな目にあわなければいけないのかと、日々愚痴をいうようになった。ときには長男に手をあげることもあった。妻の両親も、自閉症は遺伝ではないと知りながらも、うちの家系にはこんな子はいないと公言し、長男が学校に上がってからはぱったり寄りつかなくなった。

妻の不機嫌、というより苛立ちは頂点を極め、常に何かに当たり散らしていた。その矛先が長男に向けられるときは最悪だった。どんなにぶたれても母親を慕う長男を妻は口汚く罵り、突き放し、やがて、自分の行為の浅ましさに嫌気がさして泣き崩れるのだった。

啓介は長男を引き取って離婚することを一再ならず考えたが、妻の方（実家）では世間体を考えて頑として応じなかった。それ以来、いわゆる家庭内離婚の状態が続いていた。

五稜郭へ向かう市電の中で、つり革につかまってなぜか寡黙な啓介を盗み見ながら、真梨子はこれまでに聞いた話を想起していた。ごく平凡な自分の家庭に比べて、悲惨ともいえる啓介の家庭状況に関して真梨子はほとんど何も言えなかった。下手な慰めの言葉など空虚に響くだけだと思った。啓介のほうでも特に適切な助言など期待している風でもなく、ただ話すだけで気が休まるようだった。受話器を置くときはいつも、啓介の晴れやかな声が暇乞いを告げた。そんなとき真梨子は、啓介が自分にとって大きな存在であるように、自分もまた啓介にとって大きな支えであるように実感するのだった。

「わあ。間に合ってよかった」

市電を降りてしばらく行くと、啓介が突然感声を上げた。見ると、前方に聳える五稜郭タワーは文字通り桜に囲まれていた。

「駄目かと思ったけど、間に合ってほんとうによかった」

感に堪えぬように啓介はもう一度言った。

「上から見る桜もさぞかし壮観だろうね」

タワーの入場券を求める人の列に並ぶ間も啓介の興奮は冷めやらぬようだった。展望台からの眺めは期待を裏切らなかったと見えて、啓介はしきりに感嘆詞を連発した。これだけ褒めちぎられると、何だか自分が褒められている気がして、真梨子も少し嬉しくなった。実際、いくつになっても少年の心を失わない啓介に対して、真梨子は昔から好感をいだいていたが、今でもまだその心は健在であることを知って安心した。

「ここに来るのは久し振りだけど、あらためて見ると、ほんとにきれいね」

桜色の星形を見下ろしながら、真梨子は啓介の感動が伝播したように言った。

「ほんとにね。昔ここで悲しい出来事があったなんて、嘘のようだね」

展望台の片隅に置かれた土方歳三の像と眼下の星形を交互に見ながら、啓介が言った。こちらに住んでいながら、真梨子は函館戦争のことなど考えてみたこともなかったので、極まり悪さを感じ、適当に相槌を打って下を向いてしまった。

「あの中を歩いてみたいな」

上からの眺望を充分堪能したあとで、啓介は言った。

近くで見ると、桜は満開を過ぎており、折からのそよ風をうけて、あちらこちらではらはらと散っていた。真梨子と啓介は堀を渡り、星形を一辺ずつ辿って行った。しばらく歩くと、さしもの人だかりもまばらになり互いの声が聞き取りやすくなったが、逆に交わす言葉は減っていった。二人は黙って歩き続けた。

少し離れたところをお下げの女子学生が二人並んで歩いて行った。その肩に花びらが散りかかるのを見ると、啓介がおもむろに言った。

「あはれ花びらながれ」

「え？」

「をみなごに花びらながれ」

「……」

「をみなごしめやかに語らひあゆみ……。高校のとき習った詩の一節だよ。大好きな詩で暗唱してたんだけど、今の情景を見て思わず思い出しちゃった」

「ふうん。何ていう詩？」

「『甃《いし》のうへ』」

「詩のことは、あたしよくわからないけど、何かいい感じね。続きを聞かせて」

真梨子の要望にこたえて、啓介は少し上を向いて記憶を辿るようにゆっくりと、もう一度初めから『甃のうへ』を暗唱し始めた。

あはれ花びらながれ
をみなごに花びらながれ
をみなごしめやかに語らひあゆみ
うららかの跫音《あしおと》空にながれ
をりふしに瞳をあげて
翳《かげ》りなきみ寺の春をすぎゆくなり
み寺の甍みどりにうるほひ
廂《ひさし》々に
風鐸《ふうたく》のすがたしづかなれば
ひとりなる
わが身の影をあゆまする甃のうへ

文語で書かれたと思しき詩は啓介の口から滑らかにすべり出ると、あたかも桜の花びらのようにそよ風に乗って漂っていった。

真梨子は少なからず感動を覚えた。今まで詩などというものに親しんだことなどなかったのに、初めて耳にする、意味もよくわからない詩に感動するなんて、自分でも不思議だった。あまつさえ、先ほどから涙が溢れそうになっていた。そんな様子を啓介に見られたくなくて、真梨子は顔を背けるようにして啓介を促した。

「ね、お腹すいたでしょ。何か食べましょう」

まだ少し余韻に浸っていた啓介は、有無を言わさぬ真梨子の勢いに気圧されながら、後ろ髪引かれる思いで五稜郭を後にした。

「きのうはどこをご覧になったの？　きのう、いらしたのよね」

北海道の蕎麦を是非、と啓介が所望するので、二人は停留所に戻る途中で見つけた『生蕎麦』と書かれた大きな暖簾をくぐった。ちょうど昼時で混雑した店内のテーブル席に着くと、真梨子が言った。

「うん。お昼頃空港に着いてから、バスで函館駅に出て、ありきたりだけど、朝市の辺からぶらぶら歩き始めたんだ。それから、元町のベイ・エリアを見て、名物だという塩ラーメンを食べてみた」

「どうだったかしら、お味のほうは？」

「うーん。それよりも、食後、ベンチで休憩してると、カモメが一羽寄ってきたので、ちょうど持っていたあられを投げてやったら、あちこちから集まってきて、瞬く間に黒山のカモメだかりができちゃった。カモメだから白山というべきか。それで、極まりが悪くなって、残りを全部ぶちまけて逃げてきちゃった」

真梨子はその様子を想像して可笑《おか》しくなった。啓介のそんな茶目っ気を真梨子は昔から彼の美点の一つだと思っていた。

「そのあと、あなたに教わった函館公園まで足を伸ばしてみたよ」

「まあ、それじゃ、ずいぶん歩いたのね。あそこの桜もきれいでしょ。この間、家族で行ったのよ」

「うん。桜もよかったけど、それよりも、動物がたくさんいたのに驚いた。あれだけの種類の動物を、しかもタダで見られるなんて、感動ものだね」

「気に入ってもらえてよかったわ。あそこは昔から市民の憩いの場所で、観光客もあまり行かないので、穴場よね」

「そう言えば、赤ちゃん連れとか、お年寄りとか地元の人らしいのが多かったな」

「函館山は登らなかったのね。それとも夜景をご覧になるのかしら」

「函館山は何度も登ってるからね。今回はいいかなと思って。前回は確か翔がまだ年長のときだったかな。その前は一歳のときだったよね。あのときは家族でえらくご馳走になっちゃって」

「いいえ、どういたしまして。あの頃はあたしもまだ働いていたし。そう言えば翔君ずいぶん大きくなったんでしょうね」

「今年中三だよ。今、修学旅行に行ってる。だから今回旅行に来られたんだよ。女房には預けられないしね」

　真梨子はここで再び啓介の家族のことに思いが及んで、言いよどんだが、その様子を察知してか、啓介が明るく続けた。

「修学旅行といえば、今泊まってるホテルが修学旅行生に占拠されてて、風呂も自由に入れないんだ。一般客は小浴場に追いやられちゃって参ったよ」

　そんな話をしていると、店員が注文の品を運んできた。真梨子の前には山菜そばを啓介の前にはざるそばを置いて店員が行ってしまうと、啓介は慣れた手つきで割り箸を割り、そばを猪口に運びながら話を続けた。

「それにしても今の子たちは幸せだよね。あんないいホテルに泊まれるんだものね。僕らの頃は修学旅行専門の旅館だったものな」

「そうそう。十人くらいの大部屋で、寝るときなんか大変だったわ」

「でも、二人部屋か三人部屋じゃ枕投げもできないね。枕投げは修学旅行の醍醐味だものね」

「そうね。あたしたちもやったなあ」

「女子でもやるんだ」

「そりゃやるわよ。それから消灯後は好きな男子の話」

「同じだね。僕らも女子の話で盛り上がって、寝るどころじゃなかった」

「旅行に出ると、みんな開放的になっちゃうのね。でも懐かしいな」

真梨子は箸を持つ手を止めてふと視線を泳がせた。

「ほんとうに懐かしいね。あの頃はよかったね、なんの苦労もなくて」

啓介は感慨深げにそう言ったが、慌てて、

「ときに、うまいね、この蕎麦は」

と、無理に話題を変えた。真梨子は事情を知っているだけに、啓介のその態度がひどく痛ましいものに思われた。

「そうでしょ。北海道の蕎麦も捨てたもんじゃないでしょ」

そう言って真梨子は啓介に調子を合わせた。その後も二人の話題は当たり障りのないものに終始した。そして、気がつくと、店内には自分たちだけしか残っていなかった。

「ああ、美味しかった。北海道は何でも美味しいから、帰る頃には太っちゃうね」

蕎麦屋を出ると、啓介はほんとうに満足したように言って真梨子をあらためて見直した。

「やあねえ。あたし、そんなに太ったかしら」

真梨子は自覚があるだけに、やや顔を赤らめて啓介を睨んだ。

「まあ、お互い年だからね」

啓介はあえて否定しなかった。

「もう、山田君ったら」

真梨子は拳骨で啓介を小突いた。啓介を呼ぶとき、真梨子は現役当時と同様、いつも上の名前で呼んでいた。啓介の方では真梨子のことをたいてい〝マリちゃん〟と呼んでいた。

無邪気な啓介を前にして、真梨子はいつしか少女のような気分になっている自分を心のどこかで意識していた。

――この人と話していると、なんでこんなに楽しいのだろう。

真梨子は啓介との会話を当時と少しも変わらない感情で実感した。何の話をしても飽きないし、話題も尽きない。それは今も同じだ。そう思うと、どうしても良夫のことと比較せざるを得ない。それは夫は優しいし、真面目だし、自分のことも子供たちのことも大切にしてくれる。それに、怒ったこともなければ、けんかさえしたことがない。申し分のない夫だ。でも、申し分のない夫だからといって、それで申し分のない夫婦といえるだろうか。真梨子にしてみれば、なにか物足りないというか、もう少し波風がほしいように感じるのだ。何か問題が起きて、それを二人で力を合わせて解決してゆくのが夫婦というものではないだろうか。叔母や友人に言わせると、それは甚だ贅沢な悩みだと一蹴されてしまう。たしかにそうに違いないのだが……。

同じ職場にいた頃、啓介との間にどうして友達以上の感情が芽生えなかったのだろう。今思うと不思議でならない。父の面倒を見るからという理由で退職し、東京を去った真梨子だが、心のどこかで都会生活に嫌気がさしていたのかもしれない。もしも、東京での生活がもう少し長引いていたら、あるいは……。

「やっぱり、函館に来たら、函館山に登るべきかな。夜景を見る、見ないにかかわらず」

再び市電の停留所に戻ってくると、啓介が言った。

「そうね。あたしも地元に住んでいながら、何年も登ってないから。行きましょ」

そういうわけで、三十分後、二人は函館山山頂行きのロープウェイを待つ人々の列に加わっていた。この辺りもみごとな桜を見ることができた。啓介はほんとうにうれしそうに見えた。

「昼間に登ってみるのもいいね。でも、山頂はやっぱり風が強いね。前に夜景見に来たとき、夏だったけど、寒かったよ」

展望台の手すりにつかまりながら啓介が言った。風に抗って自然と声が大きくなる。

「何と言っても北海道ですからね。ねえ、あそこに小さな島がみえるでしょ」

片手で頭を押さえながら真梨子が指差した。午後になって、もうそよ風とは言いがたい風が髪を乱していた。

「あそこに公園があって、小さな東屋みたいのがあるんだけど、あれ、主人が設計したのよ」

真梨子はやや誇らしげに言った。

「へえ。すごいね」

啓介はそう呟いたが、それは、半分は真梨子の夫に対して、そして、半分は夫に対する彼女の思いに対するものだった。

「まあ、建築家だから、あんな小さな建物なんか、できて当たり前だけどね」

真梨子は前者と解したらしく、照れくさそうに前言を訂正した。

――ご主人を大切に思ってるんだね。

そう喉まで出かかったが、啓介は自分が惨めに思えて途中で思いとどまった。他人を羨むことはとても醜いことだけれど、自分たち夫婦のことを思うと――夫婦とは名ばかりであるが――やはり真梨子を羨ましいと思わざるを得なかった。

その後少したって山を下りた二人は、山頂から見えた教会をいくつか回ったあと、あの有名な坂道へ行ってみた。

「ああ、美しい坂だね。ここは初めてなんだ」

「そうね。ＣＭであまりにも有名だけど、やっぱり素敵よね」

「坂と海のコントラストがいいね」

先ほど来、啓介は感嘆詞を交えながら、どの景色も目で吸い込むように見つめている。まるで今生の別れとでも言わんばかりに。

「さあ、そろそろ行こうか」

しばらく遠くの海を見つめた後で、啓介は言った。

「大事な主婦をいつまでも引っ張りまわすわけにいかないもんね。夕飯の支度もあるしね」

「あら、平気よ。今日は遅くなるって言ってあるし、食事も温めればいいようにしてきたし」

「いやあ、よくないよ。ぜひ、いっしょに夕飯を食べて。家族は大事にしなきゃ」

「でも、せっかく十年ぶりに会えたんだし」

「もう、そんなになる？　懐かしいわけだね」

啓介はとぼけてそう言うと、

「たくさん話すこともできたし」

と、どうしても固辞する姿勢をくずさなかった。

「そうお。そんなにおっしゃるんなら」

と、真梨子もとうとう折れて、なにか物足りない様子で、駅まで引き返すことに同意した。

「明日は何時の飛行機でお帰りなの」

函館駅に着くと、真梨子が尋ねた。

「ちょっと早めに四時頃の便で帰る予定だけど、見送りはいいからね」

真梨子は機先をそがれたかたちで、

「あら、そうなの」

としか言いようがなかった。そして、溜め息交じりに、

「それじゃ、ここでお別れね。ご家族によろしく、とは言いにくいけど。それから、これ、よかったら召し上がって」

と言って、今日一日中持ち歩いていた紙袋を渡した。

「ありがとう。今日はほんとうに楽しかった。みなさんによろしくね」

「こちらこそ、ありがとう。楽しかったわ」

「あっ、そうだ。こっちもお土産があるんだった」

啓介はショルダーバッグから四角い紙包みを取り出して真梨子に手渡した。

「東京の有名なお菓子。さあて、それじゃ、夜の街に繰り出すかな」

そう言うと啓介はくるっと背を向けて歩き始めた。

「もう、山田くんったら、あまり、羽目を外さないでよ」

真梨子が遠ざかる後ろ姿に呼びかけると、啓介は振り返らずに左手を振ってそれに応えた。


翌日、啓介は少し早めに函館空港に現れた。出発の時刻にはまだ間があったので、売店をあちこちぶらぶらしていると、前から真梨子が歩いてきた。

「えへ。来ちゃった」

照れ笑いをする真梨子に啓介は、

「やっぱり。もしかすると、来るんじゃないかなと思ったんだ」

「ばれてた?」

「律儀だからな、マリちゃんは」

そう言うと啓介は時計を見ながら、

「まだ時間があるから、お茶でも飲もうか」と言って、あたりを見回した。すぐ近くにコーヒーショップがあったので、二人は中に入り、滑走路が見渡せる席に座った。

「午前中はどこかにいらしたの。二日酔いは大丈夫？」

二人の前にホットコーヒーを置いてウェイトレスが行ってしまうと、真梨子が尋ねた。

「うん、大丈夫。立待岬という所へ行ったよ」

「ああ、函館山の向うね」

「とてもいい景色だった。津軽海峡から下北半島も見えたよ。いい所だね。人もあまりいなかったんで、ベンチに腰かけてぼおっとしてたら、お午になっちゃったんで、慌てて空港に向かったんだ」

「よかったわね、間に合って。あそこは知らない人も多くて、穴場よね。あたしも二回くらいしか行ってないわ。夜がきれいなのよ、イカ釣り船の灯りが見えて」

「へえ」

そう言って啓介は、折から着陸途中の旅客機に目をやった。

「でも、なんか寂しげな場所だったな」

真梨子の方に顔をもどすと、伏し目がちに啓介はぽつんと言った。

「えっ。立待岬が？」

「うん。曇ってたせいかな」

「そうね。あそこから飛び降りちゃう人もいるっていうから、怨念が渦巻いてるのかしら」

冗談めかして真梨子が言うと、啓介はなぜか真顔になって、

「そうかな」

と呟いた。

「いやあね。冗談よ、冗談。そりゃあ、あんな場所だから、たまにはあるかもしれないけど、日本中どこにだってあるじゃない、それらしい場所は」

真梨子はいつになく真剣な表情の啓介にややうろたえると、慌てて言いつくろった。そして、わざとらしく腕時計に目をやると、

「あら、やだ。もうこんな時間だわ。早く行ったほうがいいわ」

と、啓介をせき立てた。

「じゃ、気をつけてね。翔君によろしく」

搭乗口の前で真梨子が言った。

「うん。あいつ、マリちゃんに懐いてたからな」

「遠くまで来てくれてありがとう」

「こちらこそ、いろいろお世話になりました。元気でね」

そう言ってゲートに吸い込まれていく啓介の後ろ姿を見送っていると、真梨子はなぜか今生の別れのような気がして、目頭が熱くなるのを感じた。

そのあと真梨子はデッキに出て、啓介の乗るジェットが離陸し、見えなくなるまで見送ってから空港を後にした。

二

その年の十月、未曽有の災害が関東地方を襲った。超大型の台風が勢力を保ったまま首都圏を直撃したのだ。台風は三浦半島に上陸後、東京湾を北上し、その後、再び千葉県に上陸すると茨城県を通過後、太平洋に抜けた。暴風圏が広く、進行速度が遅かったため、各地で雨風による大きな被害をもたらした。とくに雨が続いたので、土砂崩れや川の氾濫・決壊による死者が大勢出た。

東京でも川が氾濫し、床上浸水の被害が出ていた。真梨子は居ても立ってもいられず、東京の啓介に連絡を試みた。が、回線が混み合っているということで電話は通じなかった。その日は何度やってもだめだった。真梨子はテレビのニュースで状況を知る以外なすすべがなかった。テレビをつけるたびに死者の数は増えていった。交通機関にも大きな影響が出ていた。さらに、停電や断水が広い地域で発生していた。そのことが真梨子をますます不安にした。

翌日になって、ようやく電話が通じた。が、依然として啓介とは連絡が取れなかった。何度掛けてもいくら鳴らしても、誰も電話に出ることはなかった。

――翔君は学校に行っているとしても、奥さんがいるだろう。いくら夫婦仲が良くないとはいっても、まさか別居まではしていまい。

そう思いつつ真梨子は午後も電話を続けた。すると、夕方近くになって、やっと啓介の妻と電話が通じた。早速、二人の安否を尋ねると、こともあろうに、啓介は翔君を連れて雨の中を新潟まで海釣りに行ったということだった。台風が接近していたのは太平洋側だったから大丈夫だろうと思ったからで、それに、前からの約束で、翔君は一旦言い出したら聞かないので、仕方なく出かけたとのことだった。

しかし、実際は台風は超大型のため、暴風圏は日本海側にも及んでおり、各地で高潮・高波による被害が出ていた。そんな中、釣りに行くなんて、まるで自殺行為だ。いや、自殺そのものではないか。

自殺!?

真梨子の脳裏を一瞬、不吉な考えがよぎった。それは、啓介の置かれた境遇を思う場合、強いて意識の埒外に押しやっていた、この上なく不吉な考えだった。

啓介は聡明な人だ。それに、慎重な人だ。だから、そんなことは絶対にあり得ない。あってはいけないことだ。だが……。

真梨子は鳩尾の辺りがまるで鉛でも飲み込んだように重たくなるのを感じた。

「電話に出られなかったのは、警察に行ってたからなんです。捜索願を出しに。今、新潟の方に問い合わせてもらっています」

そう言う妻の口調は、どこか事務的で夫と息子の安否を気遣う妻のものでは到底なかった。

何か新しい情報がわかり次第、連絡をくれるように告げて真梨子は電話を切った。電話が繋がったことを一瞬喜んだ真梨子ではあったが、妻の口から啓介と翔の消息を聞いたことで、却って事態は悪化してしまった。漠然とした不安が確固たる不安に変わってしまった。

その後、真梨子は新聞やテレビでできる限り台風関連のニュースに気を配って日々を過ごしていたが、啓介の妻と連絡が取れてから三日後に、彼女から電話が掛かってきた。

「先ほど、新潟の警察から電話がありました。海岸の防波堤の近くで夫のものと思われる車が見つかったそうです。中には誰も乗っていなかったそうです。あたし、これから新潟に行ってきます」

彼女はそう言ってそそくさと電話を切ったが、声の調子からあまり気乗りのしない様子が感じられた。

真梨子は想像以上に啓介の家庭環境が良くなかったことを思い知らされた。とはいえ、今一番知りたいのは二人の安否であって、自分がここから離れられない以上――諸事情から函館を離れるのは難しかった――啓介の妻からの報告を待つしかないのが実情だった。

啓介の妻からの電話の直後、テレビのニュースでも新潟県下で台風の被害にあったと思われる車が発見されたことが報道された。人から間接的に聞くのと、実際に映像で見るのとでは雲泥の差があった。真梨子の不安は恐怖に変わった。毎日をやきもきしながら過ごすのはもう限界だった。夫と子供たちを説得して、真梨子は新潟へ向かった。

父の葬儀の際は、啓介がそばにいてくれたことがどんなに心強かったか知れない。だから、今度は自分が啓介と家族のためにできる限りのことをしたい。新潟に向かう道中、真梨子の心中はそんな思いでいっぱいだった。

新潟の警察署で真梨子は啓介の妻――香奈枝という――と合流した。久しぶりに見る彼女はさすがに憔悴していた。一気に年を取った感じがした。再会の挨拶もそこそこに二人は担当の係官から現在の状況の説明を受けた。香奈枝にとっては二度目だが、新しい情報はなかった。

説明によると、出雲崎の海岸の防波堤近くで啓介所有の車が発見された。車内は無人で、釣り具と思われる物がいくつか残されていた。鍵はかかっていたとのことだった。防波堤の上には人がいた形跡はなかった。尤も、誰かがいたとしても、当時は台風による風雨と高波でその場に留まることは困難だっただろうし、持ち物もすべて飛ばされてしまっただろうということだった。その辺りは普段は良い釣り場として賑わっていたらしいが、当然、その日は誰もいなかっただろう。また、二人を見かけた人も今のところいないということだった。

翌日、車の発見現場を案内してくれるということなので、その日はそれきり、二人は警察署をあとにした。真梨子は香奈枝の勧めもあって、取りあえず彼女のホテルに同行した。

香奈枝が投宿しているホテルは割と広くて清潔な部屋だった。しばらくの間、二人は小さなテーブルを間に挟み、無言でコーヒーを啜った。

やがて、香奈枝が呟くように言った。

「あたし、今になって思うんですけど、もっとあの子に優しくしてあげればよかったって」

「やだ、そんな言い方なさったら、まるで二人は生きていないような感じじゃないですか」

「もう死んでしまったに決まってるじゃない！　何日経ってると思ってるの！」

香奈枝は激昂して泣きくずれた。真梨子は啓介と翔君が亡くなったと極めつけるような香奈枝の態度に強い反感を覚えたが、一方で、憔悴しきった香奈枝の姿を見ると、それ以上、彼女を責めることはできなかった。

思えば香奈枝について真梨子は啓介の口から一方的に聞かされているに過ぎなかった。香奈枝にとって翔君は厄介者であり、啓介はいわば被害者であって、悪いのは香奈枝の方だという固定観念ができても当然だった。だから、否定的な印象で彼女の人間像を作り上げてしまったのかもしれない。香奈枝には香奈枝なりの、余人にははかり知れない苦悩があったのだろう。今回、はからずも実際に香奈枝と会って話す機会をもったことで、従前の彼女のイメージを修正せざるを得なくなったことは確かだった。

「翔君は卒業後はどうされるんですか」

香奈枝が落ち着くのを待って、真梨子は当たり障りのない話題を持ち出した。

「障害者向けの学校に通う予定です」

香奈枝は涙を拭って、答えた。その表情はわが子の将来を思いやる、不安と愛おしさのない交ぜになった母親のものにほかならなかった。

「そうですか。翔君のことだから、進学してからも頑張るでしょうね。久しぶりに会いたいわ」

真梨子は内心とは裏腹に、極力希望的な発言を試みた。が、香奈枝はそれに答えることはなく、その後会話は途絶えがちになった。

真梨子はこれを潮時と考えて、香奈枝の部屋を辞した。香奈枝は同じホテルに泊まることを勧めたが、予算的に無理そうなので、真梨子は市内の別のホテルに泊まることにした。

部屋に入ると真梨子はぐったりとベッドに腰を下ろした。函館からの移動だけでも疲れるのに、警察で啓介たちの安否を気遣いつつ説明を聞いたり、そのあと香奈枝と話したりして、普段あまり外出したり人と話したりすることの少ない真梨子は精神的に参ってしまった。明日は啓介と翔が姿を消したと思われる場所に行く予定だが、香奈枝の言うように、もう駄目かもしれない。聞けば当時は台風による風雨と高波がそうとう激しかったようなので、そんな中で釣りをするなんて無謀としか言いようがない。わざわざ死にに行ったようなものだ。まさか、ほんとうに死ぬつもりだったのだろうか。もしそうだとすると、真梨子には思い当たる節があった。今回、いくら翔君が釣りに行きたいと言い張ったからといって、あれだけの巨大な台風が接近していたのだから、父親なら何としても宥めてあきらめさせただろう。それを敢えて出かけたのだから、それなりの覚悟があったと考えざるを得ない。それに、啓介が五月に突然函館を訪れたのも、今思えば、何か考えがあったからではないのか。さらに、一見いつもの啓介と変わらない様子ではあったが、話している最中に時おり見せた寂しげな表情に真梨子は少し違和感を感じていた。やはり最後の別れを言いに来たのだろうか。

入浴を済ませ、ベッドに横になってからも頭の中は悲観的な思いで一杯でなかなか寝つかれなかったが、不吉な思いを振り払うように輾転反側しているうちに、旅の疲れもあって、真梨子はいつしか眠りに落ちていった。

翌朝、早くに目を覚ました真梨子は香奈枝のホテルのロビーで彼女と落ち合って、一緒に警察に出向いた。食欲がなかったので、朝食はコーヒーだけで済ませた。香奈枝も同じだった。

警察署では年配の刑事が二人を出迎えた。

「遠いところをご苦労様です」

人懐っこい笑顔で刑事は言った。新潟訛りが耳に心地よかった。

「それじゃ、早速ですが、行きましょうか。私は瀬下といいます。今日は私がご案内します」

そう言うと、瀬下刑事は二人を車に案内した。

晩秋を迎えつつある日本海は先日の嵐が嘘のように凪いでいた。真梨子は車窓を流れゆく穏やかな景色を眺めながら、今のこの状況が夢であってほしいと切に願った。

長年にわたって精神的に自分を支えてきてくれた人、しかも、つい半年前に直接会って楽しく会話した人、その人の安否を確かめるべく今自分は知らない土地で車に揺られている。考えたくもない、到底受け容れられない現実だった。

「これから行く出雲崎は良寛さんが生まれたところなんですよ。ご存知でしょ、良寛さん」

目的地に着くまでの道中、瀬下刑事はハンドルを握りながら、気を遣って何かと差し障りのない話題で話しかけてくれたが、どうしても会話は途絶えがちだった。

やがて、車は出雲崎の街に乗り入れた。初めて見る出雲崎の風景は穏やかな日和にも拘らず、真梨子の目にはよそよそしく殺伐としたものに映った。

「この辺りです。ご主人のものと思われる車が発見されたのは」

長く続く堤防が一か所切れた所にある駐車スペースに車を止めると、香奈枝に向かって瀬下刑事が声を掛けた。三人は車を降りた。そこは車が六、七台ほどとめられるくらいの空き地になっており、目の前は小さな港になっていて、小型の漁船が数隻繋留してあった。その港を囲むように左右からハの字形に防波堤が沖に向かって突き出ていた。遠くに佐渡島が見えた。

「ちょうど今止めた辺りで車が発見されました。他県ナンバーの車が台風のあともとめたままになっていたので、近くの住人が不審に思って通報したものです」

瀬下刑事は先ほど言ったことを繰り返した。

「あそこに見える防波堤はよく釣れるらしくて、いつも誰かしらいるそうです」

実際、今も数人の釣り師たちが左右に分かれて、穏やかな秋の日差しの中、のんびりと釣り糸を垂れているようだった。駐車場の数台の新潟ナンバーの車は彼らのものに違いない。

「尤も、当時はあの嵐の中ですから、走っている車はほとんどなかったでしょうし、ましてや釣りなんかしている人はなおのことです。ご主人の車を発見したのは、実は漁船を陸《おか》に避難させにきた地元の漁師なんですが、自分のことで手一杯で、車がとめてあったことには気がついたものの、中に人がいたかどうかは気にかけなかったというんです」

瀬下刑事の説明は尤もだと真梨子は思った。やはり、どう考えても啓介のしたことは正気の沙汰とは思えない。海を熟知している漁師でさえ台風に備えて万全の対策を講じているのに、その嵐の中で釣りをしようなんて。

「ただね、ご家族の方には大変申し訳ないんですが、警察の方ではご主人と息子さんの大規模な捜索は実施していないんです。勿論、奥さんの捜索願を受けて、全県に通達を出しました。すると、この出雲崎から他県ナンバーの車が置きっ放しになっているという情報が入りました。その結果、ご主人の車だと判明したので近辺の聞き込みや港内の調査は一応行ったんですが、何しろ目撃者が一人もいないんです。まあ、無理もないとは思います。あの嵐の中を出歩く人はそうはいないでしょうから」

瀬下刑事はそこで言葉を切って反応を窺うように香奈枝の顔を見たが、彼女が何も言う気配がないのを見ると続けた。

「とにかく、ご主人と息子さんがこの場所にいたという確証がないんです。車があったからといって、そこに持ち主がいたことにはならないんですね。他の誰かが持ち込んだのかもしれないし。いずれにしても、いわゆる状況証拠だけでは警察は動けないんです。残念ですが」

人のいい瀬下刑事は済まなそうに、それでもきっぱりと言い放った。

香奈枝は何か言いたそうだったが、ひと言、「わかりました」と言ったきりだった。真梨子も言うべき言葉が見つからず、黙っているしかなかった。

新潟の警察署に戻る車中、三人は一言もしゃべらなかった。

――来るんじゃなかった。

当初、真梨子は状況が知れないもどかしさに思わず出かけてきたが、今ではここに来たことを後悔していた。現場を見れば啓介たちの生存の一縷の望みが得られるのではないか、そう思ったが、実際に来てみれば、現状はその一縷の望みを打ち砕くものだった。針は限りなく絶望に近い方に振れてしまった。今となっては、海が好きだった啓介にとって、終焉の地が出雲崎だったことがせめてもの救いだったと思わざるを得なかった。香奈枝は二人はもう亡くなったものと考えているらしかったが、真梨子もここに至ってはそう考えざるを得なかった。もし無事だとすれば、自ら連絡をくれるとか誰かに救出されるとかするだろう。それがないということは、やはり最悪の事態を覚悟しなければならない。だから、あとできることといえば、口にするのも忌まわしいが、遺体の発見を待つことだけだろう。

真梨子はこれ以上ここにいることの無意味を悟り、函館に戻ることにした。

「遠いところをわざわざ来ていただいて有り難うございました」

新潟駅の駅前で香奈枝は言った。

「いいえ。啓介さんは私にとって大恩人ですから、こんなことくらい当たり前です」

一瞬、香奈枝の面を嫉妬めいた表情が掠めたが、すぐに穏やかな口調で、

「ほんとうに心配して下さって有り難うございます」

と繰り返した。

「香奈枝さんはどうされるんですか」

「あたしはもう少しここに残って様子を見てみます」

そう言う香奈枝の表情には昨夜とは打って変わって、ある種の諦観のようなものが見られた。

香奈枝と別れて一人車上の人となった真梨子はつらつら考えた。啓介から話を聞いて、香奈枝に対しては良くない印象をいだいていたが、二人きりで話してみると、直情的なところはあるにしても、そこは女どうし、共感できるところもあった。翔君についても、決して厄介者などではなく、ほんとうは可愛い一人息子だと思っているはずだ。お腹を痛めて産んだ子が憎かろうはずはない。ましてや、その子が障害者となれば、なおさら不憫で愛しいというではないか。

函館までの長い道中をいささか持て余し気味の真梨子ではあったが、ここ一両日の疲労と、緊張から解放されたためか、さらには列車のほどよい振動も手伝って、急に眠気を覚え、いつしか車窓にもたれて眠りに落ちていった。

三

新潟から戻った真梨子を家族たちはみな、それは優しく、丁寧に扱った。知人の災難に心を痛める彼女を気遣う気持ちと、短い間だが一家の主婦が留守をして、その有難さがわかったため、大事にしてあげようという気持ちの両方が働いたせいかも知れなかった。

そうして三、四日たち、真梨子が日常を取り戻した頃、香奈枝から連絡が入った。それによると、事態に進展はなく、啓介と翔の捜索は引き続き警察の手によって行われてはいるが、その規模は大きくはないということだった。だから、自分も一旦、東京に引き上げるとのことだった。

電話を切ると真梨子は思った。

――そろそろ踏ん切りをつける時期かもしれない。

二人の消息について何の手がかりも得られない以上、悲しいことだが、もう期待はもてないだろう。冷静になって考えれば、二人が生きているとは到底思えない。だから、啓介と翔はもう亡くなったものと考えるしかない。さもないと、残された者たちの生活が立ち行かない。薄情なようだが、生死のわからない人間よりも今生きている人間の方を優先させるべきだ。

真梨子はそんなふうに強いて自分に言い聞かせるのだった。

受話器を握った右手がとても冷たかった。息を吐きかけ両手をこすりながら、真梨子は家じゅうの雨戸を閉めて回った。最後に庭に面したガラス戸を開け、雨戸を引き出したとき、ふわふわと小さなものが落ちてきた。それは長く厳しい冬の訪れの知らせだった。

四

　啓介と翔のその後の消息に関する香奈枝の報告は、親身になって心配してくれる真梨子に配慮してか、実に頻繁になされた。が、最初のうち三日にあげず連絡を寄こした香奈枝ではあったが、しだいにその間隔は間遠になった。一週間に一度から二週間に一度となり、さらにはひと月に一度となり、ついには全く連絡が来なくなった。それにつれて真梨子の方でも忙しさに紛れて、啓介たちのことを思わない時間がしだいに長くなっていった。真梨子はそんな自分が許せず、自らを鼓舞して啓介と翔のことを思い出すように努めた。けれども、「去る者は日々に疎し」の言葉通り、ともすると、二人のことを思わない日が多くなっていくのだった。

　そして、啓介と翔の失踪から一年、二度目の冬を迎えようとしていた頃、突然、香奈枝から分厚い手紙が届いた。手紙は無沙汰を詫びる言葉から始まり、去年の新潟への足労に対する感謝の言葉が述べられたあと、二人のその後の消息とそれに対してなされた処置について長々と書かれていた。

　それによると、二人の消息は残念ながら、依然、杳として知られなかった。そこで、香奈枝は思い切った行動に出た。家庭裁判所に二人の失踪宣告を申し立てたのだ。ふつう失踪宣告は七年なのだが、今回は台風の被災者ということで、一年間の音信不通が必要要件だということだった。そして、このほど二人の失踪宣告がなされたとのことだった。

読み終えて真梨子はしばしものを考えることができなかった。失踪宣告とは取りも直さず死亡宣告のことである。つまり、啓介と翔は法律上は死んだ人間ということになるのだ。この世には存在しないということだ。覚悟はしていたものの、実際にこうして目に見えるかたちで知らされると、二人の死は絶対的事実として真梨子に突き付けられた。もはやこの事実から目をそらすことはできなくなった。

——却ってこれでよかったのかもしれない。

暗澹たる喪失感に襲われながらも、一方で、冷静に事態を捉えている自分がいることに真梨子は内心驚いた。事故にしろ自殺にしろ、啓介と翔は死によって結果的に辛い日常から解放されたわけだし、香奈枝は香奈枝で、悩みの種の翔がいなくなったことで心労の大部分が解消されたのではないか。それに、周到な啓介のことだから、万一に備えてそれなりの保険などにも加入していただろう。きわめて下世話で口にするのも憚られるが、香奈枝は相応の金額を手にしたに違いない。世間的には夫と息子を同時に亡くした悲劇の女性というかたちだが、真梨子は清々した表情の香奈枝を想像せざるを得なかった。

真梨子はきっぱりと心を決めた。後味の悪い幕切れではあったが、このことは忘れよう。夫のためにも子供たちのためにも、そして、何よりも自分自身のために。

五

そうして月日は流れ、真梨子は平穏な日々を過ごしていった。そんなある日、一枚の絵葉書が真梨子のもとに届いた。差出人の名前はなかった。不思議なことに、文面は何も書かれていないし、切手も貼ってないのでどこから届いたものかも不明だった。裏を返してみると、遠くにどこの国のものとも判じかねる寺院のような建物が写っており、そこに至る道の両側には桜と思しき並木が続いている。そして、その道を二人の女学生が向うに歩いていく様子が見て取れた。真梨子はどこかで見たような景色だと思い、さらによく見ようとした。と、そのとき、奇妙なことが起こった。絵葉書の中の女学生が突然動き出したのだ。二人の肩には桜の花びらまでが散りかかっている。その瞬間、真梨子は思い出した。同時にあるフレーズが頭に浮かんだ。

あはれ花びらながれ

――あの詩だ、啓介が教えてくれたあの詩だ。

をみなごに花びらながれ
――間違いない、この絵葉書は啓介が出したのに違いない。

をみなごしめやかに語らひあゆみ
――やっぱり啓介は生きていたんだわ！

そう思った途端、目が覚めた。夢だった。目が覚めてもしばらくの間、啓介が口ずさんだ詩の一節が頭の中を去来していた。

――もう、すっかり忘れたと思っていたのに。

「どうかしたの」

隣で寝ていた夫の良夫が、起き上がった真梨子の気配に気づき声を掛けた。

「ううん、何でもないの。トイレに行ってくるね」

真梨子は適当に答えると、布団を出て洗面所に行った。暦の上ではとうに立春を過ぎてはいるが、朝はまだ寒い。真梨子は思わず身震いすると、洗面所の窓を開けた。所々斑雪《はだれ》を残した、まだ薄暗い庭から清々しい冷気が入ってきた。思えばもうすぐ春がやって来る。啓介が好きだった桜の季節が。

真梨子は顔を洗うと、鏡を見た。鏡に映った自分はなぜか微笑を浮かべていた。真梨子は確信していた。啓介と翔君はきっと生きている。そして、今頃は二人で世界のどこかを旅しているに違いない。誰にも気兼ねなく、伸び伸びと知らない土地を巡っているに違いない。

真梨子は安堵したせいか、急に眠気を覚えた。

「起きるにはまだ早いわよね」

そう一人呟くと、真梨子は寝室へ戻っていった。

グーテンベルクの誤算

一

「このように、当時、不幸にも盲人として生を受けた良家の子女たちの多くは、琴や三味線の技術を身に付け、それを生業としていたわけです。ところで、そうした盲人たちには階級があり、一番上が『検校』、その下が『勾当』、そして一番下が『座頭』と呼ばれていました。みなさんも『座頭市』の名前は聞いたことがあるでしょう」

そう言うと、小板橋は白目を剥いて仕込み杖を抜く真似をしてみせた。しかし、大教室いっぱいの学生たちの反応は鈍く、みなぽかんとして彼を見つめていた。が、そのとき、折よくチャイムが鳴り、気まずい雰囲気から彼を救ってくれた。小板橋は眼鏡の位置を直し、軽く咳払いをすると、

「それでは今日はここまで。次回は吉沢検校の『古今組』について解説します」

と告げ、この日の「箏曲史」の講義を終えた。

世間を震撼させた春山教授殺害事件から三度目の夏を迎えようとしていた。D大のキャンパスはようやく元の落ち着きを取り戻しつつあった。しかしながら事件解決の立役者、D大邦楽部部長、小板橋峻介の生活はこの三年で大きく変化した。一つは小板橋が教授に昇進したこと。二つ目は二人の学生が押し掛け助手として研究室に居ついてしまったこと。そして三つ目は、D大の顔ともいうべき春山教授なきあと、それまでは皆無だったテレビの出演依頼が殺到したこと。特に三つ目のテレビ出演についてはもと人付き合いの苦手な小板橋は最初は固辞していたものの、大学のイメージ一新のためと、学長からじきじきに頼まれ、不承不承引き受けたものだった。

テレビ出演の頻度は以前ほどではなくなったとはいえ、今でもたまに依頼が入るので、ただでさえお洒落な小板橋は身なりにはより気を配らなくてはならなかった。そんなわけで今日も講義を終えると、彼は研究室には戻らずにそのままキャンパス内にある理容室に直行した。理容室とはいっても、本部棟の外れにぽつんと忘れられたようにある小さな床屋で、かなり年配のマスターが一人で切り盛りしていた。腕は確かなのだろうが、今どきの若者の好みには合わないようで、今までに客がいるのを見たことがなかった。

薄い硝子戸を押して小板橋が店に入ると、驚いたことに先客がいてマスターは散髪の最中だった。

「あっ、いらっしゃい、小板橋先生」

ハサミの手を止めずに鏡の中からマスターは言った。

「すみませんね。少し待ってもらっていいですか。へへ」

そして、照れ笑いをすると洗髪の準備に取り掛かった。

「ああ、大丈夫ですよ。今日はもう授業はありませんから」

そう言うと小板橋はかなり年代物の座布団が載せてある長椅子に腰を下ろした。長椅子と言っても、となりに愛用の黒鞄を置くといっぱいだった。手持ち無沙汰の彼は目の前の棚に無造作に積まれた雑誌の中から、かなり前のものと思われる一冊の週刊誌を手に取った。平素週刊誌などというものは滅多に読んだことがなかったが、今日はふとそんな気になった。ぱらぱらとページを繰っていくと、『社長に聞く』という連載のコラムが目に留まった。今回は今、国内だけでなく海外でも注目を集めている「千明《ちぎら》印刷」の千明社長の特集だった。

「千明印刷」は創業者の千明幸太郎が一代で築き上げた特殊印刷の会社で、最近何か画期的な発明をしたらしいことは小板橋も知っていた。コラムは記者による千明社長に対するインタヴューのかたちで掲載されていた。

それによると、千明幸太郎はS県で貧しい農家の七人きょうだいの末子として生を受けた。そして、小中学校を卒業後は、親戚が経営する地方の小さな印刷会社に住み込みで就職した。その傍ら、夜学の高校に通い勉学に励んだ。その後、親戚の経営者が亡くなると、後継者のいなかった印刷会社をまだ二十代の若さで千明が継ぐことになった。もともと努力家で頭の良かった彼は、印刷技術の分野で頭角を現し、つぎつぎと新しいノウハウを開発し、小さかった町工場を徐々に大きくしていった。そして、今では『世界のチギラ』とまで言われるようになったとのことである。正しく立志伝中の人と言えよう。一方、私生活の面では、けっこうな年配にもかかわらず、生涯独身のようで、それについては、「忙しくて、その暇がありませんでした」と述べていた。

千明印刷が手掛ける印刷物は小は化粧品のレッテルから大は建築物の壁面などまで広範囲に及んでいるが、なかでも今、世界中の注目を集めているのは、液体の表面への印刷だった。液体に印刷するなど従来不可能とされてきただけに、各方面からの問い合わせが殺到しているようだが、そのノウハウは秘中の秘ということで、社内でも数人しか知らないらしい。記者もその辺を聞き出そうとしていたが、千明社長はやんわりと断っていた。

さて、そんな千明社長に対するインタヴューであるが、その中に小板橋の興味を引いたものがあった。それは、「趣味」はなにかという問いに対する回答だった。それに対して社長は「探偵小説です」と答えていた。「推理小説」と言わずに、「探偵小説」と言うだけあって、その後、自身もミステリー好きらしい記者に対して、かなり具体的に作家名や作品名を列挙していた。

ミステリー好きということでは人後に落ちない小板橋のこととて、そのくだりは入念に目を通した。千明社長の好みは、海外の翻訳ものではエラリー・クイーンの『Yの悲劇』やディクスン・カーの作品などを挙げていたが、クリスティやブラウン神父ものなどは好きでないらしく、手厳しく批判していた。曰く、「『オリエント急行』はずるいし、『アクロイド』や『カーテン』は犯人がわかってしまったんです」また、クロフツの『樽』や一連のブラウン神父ものに至っては「どこがおもしろいのかわかりません」とのことだった。一方、国内の作品では「江戸川乱歩や横溝正史はほとんど読みました。乱歩は短編がいいですね。横溝はトリックが好きです。あと、小栗虫太郎や夢野久作なども好きですね」ということだった。

小板橋は共感するところもあって、世間の評価に左右されずはっきりものを言う千明社長の態度に好感を持った。

その後、先客の散髪が済んで、ようやく小板橋の番になった。マスターは彼をいすに導き、ハサミと櫛を手にするや否や、鏡の中の彼に向かっていきなり切り出した。

「それにしても、物騒な世の中になりましたなあ」

「え？」

何が〝それにしても〟なのかよくわからなかったが、何が物騒なのかもわからなかったので、思わず小板橋は聞き返した。

「よほど強い恨みでもあったんですかね」

マスターはかまわず続けた。

「二人目でしょ。連続殺人ですよね」

ここに至って小板橋にもようやく合点がいった。それは、ここ二か月ばかりの間に相次いで発生した猟奇的な殺人事件で、いずれも被害者は両手の爪の間に十本とも串のようなものを突き刺したような傷跡があった。しかも、解剖の結果、二人とも胃の中はからっぽで、直接の死因は餓死だった。つまり、同一人物と思われる犯人は、被害者をある程度長期にわたって拘束しながら、指先には非常な苦痛を与えながらも、すぐには死に至らしめることなく、最後は飢え死にするにまかせるという残虐極まる方法をとっていた。あまつさえ、その死体をごみ処理場や汚水処理場といった不浄の場所に遺棄するという死者を冒瀆する行為にまで及んでいた。

「ああ、あの事件ですね」

あまりにも残忍な手口ゆえ、ほとんどテレビを見ない小板橋でも記憶に残っていた。

「それにしても、残酷なやり方ですよね。爪の間を抉ってるってんだから。しかも全部の指でしょ」

〝それにしても〟はマスターの枕詞のようだ。

「マスターが言われるように、怨恨なのでしょうね」

「一件目は東京で、二件目もどっか関東でしょ。怖いですよね。三件目もあるんですかね」

「さあ、ないといいですね」

その後も散髪、洗髪、整髪が済むまで話題は連続殺人事件に終始した。

床屋をあとにした小板橋は、頭はさっぱりしたものの、どことなく冴えない気分で自分の研究室へ向かった。

D大のキャンパスには本部棟を真ん中に左右に三つずつの建物がある。左側には北からA棟、B棟、C棟、右側にはD棟、E棟、図書館の順で並んでいる。小板橋の研究室はC棟一階のいちばん東側奥にあった。教授に昇進したので、より広い部屋に移ったのだが、実はこの部屋、三年前の春山教授殺害事件の殺害現場だった。普通だったら、誰も気味悪がって入ることさえためらうところだが、そんなことには一切頓着しない小板橋は、入り手のいないこの部屋に自ら志願して落ち着いたのだった。

ドアの前で立ち止まり、鍵を開けようとすると、中から声が聞こえた。小板橋はちょっと困った顔をするとドアを開けた。

「あ、おかえりなさい、小板橋先生」

「講義お疲れ様でした。鍵は管理人のおばさんに開けてもらいました。あ、髪切ったんですね」

室内にいた二人の男女が相次いで声をかけた。二人ともD大の学生で、男の方は岩井健太郎、尺八専攻の三年生、女の方は堀口茜、同じくこちらも三年生で胡弓が専攻である。彼らはゼミ生でもないのに、この四月から半ば強引に研究室に居すわってしまい、細々とした雑用や小板橋のちょっとした身の回りの手伝いなどをしている。彼としては有難迷惑なのだが、役に立つときもあるので、仕方なくおいてやることにしたのだった。彼らはあの事件での小板橋の暗躍をどこかから嗅ぎつけてきたらしい。

「きみたち、授業はいいのかね」

窓際の大きな書きもの机を回り込み、いかにも快適そうな椅子に腰を下ろしながら、小板橋は言った。

「僕たちは今日はもう授業はありません」

触れられたくないところを突かれた健太郎はそそくさとコーヒーを運んできて、どうぞと言って机の上に置くと、急いで話題を変えた。

「ときに、先生はどう思われますか」

「何が」

「いえね、さっき茜と話してたんですが、彼女のお気に入りの歌手が、空港で行方不明になったって」

「どういうことだね」

「先日、五月の連休を利用して、従妹と空港見学に行ったんです。彼女が飛行機が見たいと言うので」

茜が引きとった。

「で、そのとき、あたしリムジン・バスの中で、ヘヴィメタルのバンド〝サーベルタイガー〟のヴォーカル、サリーを見かけたんです。そのとき、彼、香港のガイドブックを抱えてたんです。それで、そのあとあたし国際線の搭乗口で待ち構えてたんです。握手してもらおうと思って。でも、いつまで待っても、彼、現れなかったんです」

「人違いじゃないの」

健太郎が口を挿んだ。

「ちがうわ。帽子とサングラスで変装してたけど、あれは絶対サリーよ」

「どうして香港行きだと思ったんだね」

二人のやりとりを黙って聞いていた小板橋がおもむろに口を挿んだ。

「彼が抱えてたガイドブックの『香港』の『香』の字が見えたんです、はっきりと。

だから、これは香港に間違いないと思って」

　小板橋はやや間をおくと、

「それ、『香港』じゃなくて、『香川』だったんじゃないかな」

「えっ！」

　異口同音に二人が叫んだ。

「香川……」

　堀口茜は呆然と呟いた。

「香港行きの便はいくつか確かめたんだよね」

「はい、その後も二時間くらい頑張ったんですけど、駄目でした。そうか、香川かもしれませんね。でも、なんで香川なんかに行ったんだろう」

「香川県は小さい県だけど、見どころはけっこうあるよ。栗林公園とか金毘羅さんとか小豆島とか……」

「あっ！」

　小豆島に健太郎が反応した。

「小豆島って香川県だったんですか。そうか、そうか」

「なに一人で納得してるのよ」

「いや、確かゴールデンウイークに瀬戸内のどこかの島でロック・フェスティヴァルがあるっていう話を聞いたことがあるんだ。それが小豆島だったような気がする」

「そういえば、あたしも聞いた覚えがあるわ。それにサーベルタイガーも参加してたんだわ。あーあ。大ファンのあたしとしたことが」

そのあと、堀口茜は見るからに意気消沈の様子で挨拶もそこそこに研究室をあとにした。健太郎は所在なさげにしていたが、結局、茜の後を追って研究室から出て行った。

やっと一人になれた小板橋は、そろそろ梅雨の時期に入りそうなので、壁一面を占めている大きなガラスケースを開けて琴や三弦を取り出し、湿気対策も兼ねて一つひとつ点検を始めた。

二

それから数週間後、小板橋峻介は長引く梅雨模様の中、都内のある有名な結婚式場に出かけて行った。数年前に卒業した女子学生の招待だった。披露宴にはまだ少し時間があったので、彼は豪華なロビーでコーヒーを啜っていた。すると、一人の紳士が目の前に現れ、おもむろに声をかけてきた。背の高い、白髪交じりの人物である。

「失礼ですが、小板橋先生でいらっしゃいますね」

「ええ、そうですが」

小板橋が訝しげに――メディアに登場する機会が増えても初対面は相変わらず苦手なのである――答えると、

「やあ、失礼しました。私は千明幸太郎と申します」と言って、慣れた手つきで内ポケットから名刺を取り出し、彼に手渡した。

名刺の肩書を見ると、小板橋は急に思い出したように、

「ああ、あの千明印刷の」

と言って、慌てて立ち上がり、自分も名刺を取り出して相手に手渡した。

「よくご存知ですね。初めまして」

「いやあ、世界の千明ですから。こちらこそ初めまして」

先日、週刊誌を見ておいてほんとうによかったと小板橋は思った。

「でも、よく私のことをご存知ですね」

「最近はよくテレビや雑誌で拝見しています。それに、あの事件でも」

そう言うと、千明は顔をほころばせたり、曇らせたりした。小板橋は表情の豊かな人だなと思った。

「いや、世間で言うほど役には立たなかったんですよ」

先の事件で犯人を生きて確保できなかったことを彼はいまだに悔やんでいるのだった。

「いやいや、ご謙遜を。ところで、今日はどなたかのご結婚式ですかな」

「ええ。大学の教え子の披露宴によばれまして」

「さようですか。たくさんいらっしゃるのでしょうね、教え子さんは」

「そうですね。もう長いことやってますから」

「ときに、何を教えていらっしゃるのですか」

さすがに相手は小板橋の専門までは知らないようである。

「邦楽、日本の音楽ですね、琴とか、三味線とか」

「ほう、それは珍しいですね」

「ええ。全国でもかなりユニークな大学と言えるでしょう。洋楽部から独立して邦楽部があるところはあまりありませんので」

「なるほど――」

千明がまだ何か言おうとすると、

「社長」

そう言いながら、一見して秘書と思われる三十代位の男性が近づいてきた。

「そろそろお時間です」

「ああ、そう。今行きます」

そう言ってから小板橋の方に向き直ると、千明は、

「私も会社の部下の披露宴に招かれていまして。今日はお近づきになれて光栄です。また、いつかお会いしましょう」と言ってエレベーターの方に歩いて行った。小板橋はその後ろ姿を見送りながら、あれだけの大企業のトップでありながら、随分と腰の低い人だなと感心していた。

三

それからまた数週間後、梅雨明けが酷暑とともにやって来ると、忙しい現代人がそろそろ忘れかけていた出来事が起こった。それは言うまでもなく、あの猟奇的な事件である。被害者をさんざん拷問した挙句、餓死させるという残虐極まる例の事件である。ついに三人目の犠牲者が出てしまったのである。世間は三度この話題で持ちきりになった。小板橋も当初、あまりにも残酷な手口なので、強く印象に残ってはいたが、詳しい情報はほとんど持っていなかった。が、ここに至って俄然、この事件に対する興味が増大してきた。あのような残酷な行為の裏にはいかなる心理がはたらいて

いるのだろうか。人間というものはああまで残酷になり得るものだろうか。そんな思いが小板橋の脳裏を占めていた。

　この一報を最初に小板橋にもたらしたのは情報通の岩井健太郎だった。彼はどこから入手したのか、どのメディアよりも早くこの情報を学内に触れて回った。

　岩井が小板橋の研究室でこの事件について滔々と弁じたてていると、コン、コン、コンと軽快なノックの音が聞こえた。相方の堀口茜が立っていってドアを開けると、

「どうも。お久しぶりです」

と、聞き覚えのある声がして、ひょいと顔をのぞかせた者がある。

「やあ、真下さんですか。久しぶりですね」

　小板橋がそう答えたのは、三年前の事件ですっかり馴染みになった真下刑事だった。

「ご無沙汰しております、小板橋先生」

　真下はぺこりと頭を下げた。青年らしい快活さは以前と少しも変わらなかった。

「相変わらずのご様子で安心しました。ところで、今日は例の件ですか」

　小板橋は予期していたように言った。

「そうなんですよ、実は。うちの管内で発生したもんだから、警部がカンカンなんです」

「誰がカンカンだって？」

　そう言ってまだ開いたままの戸口に姿を現したのは、二メートルはあろうかという大男だった。

「あっ、警部。すみません」

　真下刑事は慌てて道をあけた。

「よう、コイタ。久しぶりだな」

　言いながら男はソファの中央にどっかと腰を下ろした。そして、暑い暑いと言ってさかんに扇子を使いだした。その様子に岩井と堀口の二人の居候は、口をあけてあっけにとられていた。彼らはこの男とは初対面なのである。そんな二人には目もくれず、男は続けた。

「まったく、何か事件がねえと旧友に会えねえんだから、やになるぜ」

　警部といわれたこの男、名前は外所哲男といって、県警の警部であり、小板橋とはD大の同期である。その巨体に似合わず、これでも三味線の名手だというから驚きである。警察内でもかなり異色の存在と言える。

「やあ、トドさん。三年ぶりだね」

「その節ぁ世話んなったな。お蔭で難事件が解決できたし」

「いや」

それだけ言うと、小板橋は口をつぐんだ。彼としては、犯人を死なせてしまったことが心残りだったのである。

「ところで、今度って今度は頭にきたぜ。なにしろてめえの縄張りでやられたんだからな。絶対に挙げてやるぜ」

外所警部は息巻いた。

二人のやりとりを相変わらず唖然とした表情で眺めていた岩井と堀口は、この場の雰囲気にいたたまれなくなったのか、顔を見合わせると、そろりそろりとドアに向かい、そうっと外に出て、そうっとドアを閉めた。

そんな二人を尻目にもかけず、小板橋には一目も二目も置いている外所警部は素直にきり出した。

「で、またコイタの知恵を借りてえんだ。合同の捜査本部を設けて、目下鋭意捜査中なんだが、どうも芳しくなくてな」

「まあ、コーヒーでも飲んで落ち着いたらどうだね」

そう言うと小板橋は立ち上がってとなりの小部屋に入っていった。そこは三年前、春山教授が殺された正にその部屋である。コーヒーを淹れるのは真下刑事の仕事だったが、この部屋は初めてだし、それに殺人現場というのも何となく気おくれがして、入りづらかった。

「知恵を貸せと言われても、事件の詳しい内容もわからないんだから、まず、説明してほしいな」

三人分のコーヒーを盆に載せて出てくると、小板橋が言った。

「おい、真下。コイタに説明してやってくれ」

言下に外所警部は言った。

「はい、承知しました」

真下刑事はポケットから手帳を取り出すと、例によって立ったまま説明を始めた。

「まず、一人目の被害者ですが、名前は浅井清行。五十八歳。東京都在住です。職業は会社員で中小企業の課長職ということです。で、犯行の手口は……」

「あっ、それはわかってますから、次をお願いします」

「はい、承知しました。ええと、遺体が発見されたのは、S県K市のごみ処理施設です。全裸でごみの中から見つかりました。

つぎに、二人目の被害者ですが、名前は金本昇八。年齢は五十八歳。T県O市で魚屋を営んでいました。死体発見現場はI県M市の汚水処理場です。同じく全裸で発見されました」

ここまで言うと、真下刑事はコーヒーで口を湿すと先を続けた。

「そして、三人目の被害者ですが、名前は粥川弘。五十八歳。S県H市在住。職業は有名なI株式会社のバイヤーをしていました。こちらも同じく全裸でS県S市のごみ処理施設で発見されました。この三件目がうちの管内ということになります」

そう言ってしまってから、真下刑事ははっとして、ちらっと警部の顔色を窺った。案の定、警部は苦りきった顔をしている。

メモを取りながら聞いていた小板橋は、

「三つの事件の共通点は、犯行の手口以外では被害者の年齢だけか……」

と、だれにともなく呟いた。

「そうなんだよ。三件とも同一犯人には違えねえが、動機がいま一つ理解できねえな。いずれ、怨恨なんだろうが、あそこまでやるかな」

そう言って外所警部は、物欲しげな目で小板橋を見つめた。当の小板橋は机からB4のシートを出して、何やら書き始めた。どうやら、先ほど真下刑事から聞いた話の内容を清書している様子だった。そして、書き終わった紙面を穴のあくほどじいっと見つめた。小板橋峻介の沈思黙考が始まったのである。これが始まると、何を言っても無駄なので、外所警部はしかたなく真下刑事を連れて小板橋の研究室をあとにするのだった。

それから二、三日後、そろそろ小板橋峻介が落ち着いた頃を見計らって、外所警部は真下刑事を伴って再び研究室を訪れた。

「コイタ。その後どうだい？」

警部は恐る恐る尋ねた。警部としては、頼みの綱の小板橋の機嫌を損ねてはと言わんばかりの低姿勢である。

「うーん。やはり、材料不足かな。目撃情報なんかもないいんだよね」

「ああ。そうとう用心深い野郎で、今のところ一切ないんだ」

そう答える警部の顔はいつになく深刻だ。

「そうか。そうなると、やはり三人の被害者の共通点から探るしかないか」

そう言うと小板橋は机の抽斗から先日のメモを取り出した。それには三人の被害者の情報が箇条書きで几帳面に記されていた。

そこからわかる共通点といえば、

①　死因は餓死であること。
②　かなり残酷な拷問を受けていること。
③　死体遺棄現場が不浄な場所であること。
④　全裸で遺棄されていること。
⑤　年齢は五十八歳であること。
⑥　男性であること。
⑦　関東地方在住であること。

以上、七点である。

①～④により、犯人は同一人物であること、動機は残虐で屈辱的な手口から怨恨であることが推測できる。

「どうも、この三人とも同じ年齢というところが気になるな」

小板橋はメモを見ながら呟いた。

「同じ年齢ということは学年がいっしょっていうことですかね」

真下刑事が言った。

「そうだな。一人は万年課長だし、一人は魚屋のおやじだし、一人はエリート社員で、共通項はまるでないから、攻めるとすると、その線かもな」

と、外所警部も素直に同調した。

「よし、三人の経歴を徹底的に洗ってみよう」

そう言うと警部は、思い出したように額の汗を拭うと、真下刑事をせかして部屋を出て行った。

四

一週間後、外所警部と真下刑事は異例の早さで小板橋の研究室に舞い戻ってきた。

「おい、コイタ。ついに見つけたぜ」

汗だくの外所警部が言った。

「三人の共通点がわかったんだ」

「ほんとうかい」

読書中の小板橋の顔が明るくなった。

「ほんとうだとも。おい、真下」

「はい」

警部にそう返事をすると、真下刑事は察しよくポケットから手帳を取り出して、小板橋に向かって説明を始めた。小板橋は本を閉じて、静聴の姿勢をとった。

「なんと三人とも一時期同じ小学校に通っていたんです。しかも、同級生だったんです」

真下刑事は興奮が冷めやらない様子で先を続けた。

「魚屋の金本昇八はもともと地元ですが、浅井清行は小学校卒業までT県O市に住んでいました。それから、粥川弘は父親がいわゆる転勤族で、小四から小六まで同じT県O市のM小学校に通っていたんです。その後、三人は別の中学に進学しますが、三年間は同じ環境にいたわけです」

そこまで言うと、真下刑事は得意げに鼻孔をふくらませた。さらに続けて、

「それから、当時の担任に会うことができました。これは割と楽に見つかったんですが、で、その担任によりますと、どうもこの三人は素行が良くなかったそうです。具体的には、隣町の小学生から金品を巻き上げたり、万引きをしたり、気に入らない生徒をいじめたりとか。それも、わからないようにやるらしいんです。頭のいい粥川がリーダー格で、実に巧妙にやったということです」

「ふてえガキだよな」

外所警部が憤慨した。

「なるほど。そうすると、彼らには敵が多かったということですね。恨みを持っている者がいても不思議はないわけだ」

真下刑事の話を真剣に聞いていた小板橋が言った。

「でも、五十年近く前のことを恨みに思うかな」

「そりゃ、中にはいるんじゃねえか。トラウマになってる奴とかな。ま、いずれにし

ても、これで捜査の方針が見えてきたってところだな。小四から小六までの三年間、三人と同級生だった人間を中心に洗えばいいってことだからよ」

外所警部の声にはいつになく張りがあった。

「実を言うと、もう始めてるんだ」

警部はやや得意げに付け加えた。冷房嫌いの小板橋が今日は珍しくつけてくれてるので、尚更機嫌が良いようだ。

「トドさんにしては手際が良いじゃないか」

小板橋が茶化した。

「いつもいつも、コイタにおんぶに抱っこじゃ申し訳ねえからな」

「ところで、真下さん。三人がいた小学校はT県O市のM小学校でしたよね」

「そうです、そうです」

「それ、どこかで見たか、聞いたかした覚えがあるんだけど……」

そう言って小板橋は天井を睨んだ。

「どこだったかなあ」

そう言った次の瞬間、

「あっ」

小板橋は短く叫ぶと、弾かれたように立ち上がった。

「確かめたいことがあるので、ここで待っててくれ」

そう言うが早いか、小板橋は部屋を飛び出していった。

あとに残された二人は、一瞬、顔を見合わせたが、すぐに何事もなかったかのようにそれぞれの定位置についた。その後、真下刑事はコーヒーを淹れるべく恐怖の小部屋にこわごわ入っていった。コーヒー係の居候二人は夏休みのため不在だった。

三十分後、小板橋峻介は会心の笑みを浮かべて戻ってきた。表情だった。そして、真下刑事が淹れてくれたコーヒーを――真夏でもホットなのだが――ひと口啜ると、出て行ったときとは裏腹に、落ち着いた表情で言った。

「三人の被害者の同級生におそらくある有名人がいると思う」

「有名人って、誰さ」

「名前を聞けば、誰でも知っている人物だよ」

「じらさないでおしえろよ」

「万が一違ってるとよくないから、もう少し待ってほしいな。そちらの捜査が済むまで」

一旦こうと決めたら、どうしても曲げない小板橋の性格をよく知っている外所警部は、

「そうか。じゃ、全員の調べがついたら、頼むぜ」

「ああ、約束するよ。でも、それが誰だかすぐにわかるさ」

そう言うと、小板橋は再び本に戻ってしまったので、二人はしかたなく研究室をあとにするのだった。

五

捜査はすでに始めているという、外所警部の言葉に偽りはなかった。特に、三人目の遺体が発見されたのが警部の地元とあって、このたびは人海戦術が功を奏したようである。折からの残暑の中、捜索チームは外所警部の指揮のもと、じつに精力的に行動した。多くの捜査員がT県O市、さらには全国各地に派遣され、現地とも協力して三人の被害者の同級生だった人々を洗い出し、聞き込みを実施した。その際、それぞれの犯行当時のアリバイについても確認したことは言うまでもない。

「で、結果はどうだったんだい」

研究室の座り心地の良さそうな椅子に踏ん反り返って、捜査の経過を黙って聞いていた小板橋教授が言った。

「まあ、そう慌てなさんな」

いつもは小板橋に焦らされている外所警部が、ここぞとばかり得意げに言った。

「たまにはこっちの苦労話も聞いてもらわんとな」

警部はなおも勿体ぶって言った。

「詳しい話は真下から聞いてくれ。おい、真下」

「あっ、はい」

警部からいきなり指名された真下刑事は、あわててソーサーをテーブルに置くと、立ち上がってポケットから手帳を出した。そして、小板橋の方に向き直ると、報告を始めた。

「ええ、それでは現時点で分かっていることについてご報告します。まず、当時T県O市M小学校で三人と同級生だった人たちは全部で三十五人いました。卒業後は全国に散らばってしまったかと心配だったのですが、運よくほとんどが東京近辺に在住でした。地方に転出していたのは五人、死亡していたのは三人ですから、三十二人について調べれば良かったわけです」

と、ここで真下刑事は言葉を切って、小板橋の顔を見た。その顔が小さく頷くのを認めると、その眼を外所警部に向けた。警部はソファに座り、腕を組んで目を閉じて上を向いていた。その様子で自分の報告に間違いがないことを確認すると、真下刑事は先を続けた。

「それで、その三十二人全員についてアリバイを調べたのですが、最初の事件の際のアリバイが無かった者は五人、二件目は六人、そして三件目はやはり六人でした」

そのとき小板橋が口をはさんだ。

「そのアリバイというのは勿論、遺体発見現場のということですね」

「そうです、そうです。それぞれの死亡推定時刻を基にしました」

「わかりました。先をどうぞ」

「はい。で、ここが重要なんですが、三件ともアリバイが無かった者が三人いました。と、ここまでが精一杯で、その先はまだ進んでいません」

「いや、とんでもない。この短期間でそこまで調べ上げたんだから、大したものですよ。暑い中、みなさん大変だったでしょう」

と、小板橋は目の前の二人を含む捜査員たちの労をねぎらった。

「そりゃあ、沖縄や札幌まで飛んだ奴もいるから、大変といやあ大変だったな」

外所警部が皮肉っぽく言った。

「そうだよな、椅子に座ったままで報告だけ聞いているばかりじゃ申し訳ないよな」

小板橋がほんとうに申し訳なさそうに言った。

「いや、それはいいんだ。コイタにゃそれ以上世話になってるし。ところで、コイタ。こないだはどこへ行ったんだ、突然飛び出して」

「ああ、あれね。ちょっと調べたいことがあって、床屋へ行ったんだ」

「床屋？　床屋で何がわかるんだ」

「床屋に置いてあった週刊誌の記事を確認しに行ったんだ」

「今度の事件に関係することか？」

「どうかな。あの時、三人の被害者の同級生の中に有名人がいるかもしれないと言ったのを覚えているかい」

「ああ、よく覚えているよ。実際いたよ、超有名人が」

「T県O市M小学校の卒業生だったんだね、千明社長は」

「そうだな。しかも、千明社長はアリバイのない三人のうちの一人なんだ」

世界的に有名な千明印刷の千明社長の名が、連続殺人事件の捜査線上に浮かんできたのは外所警部にとっても小板橋にとっても非常に意外だった。

「あの。もう一つわかったことがありまして」

しばらく発言の機会がなかった真下刑事が静かに言った。

「小学生のときいじめにあっていた生徒の中に千明幸太郎がいたんです」

それを聞いた小板橋はしばらく沈黙したあとで、

「千明社長とも話をしたんですよね」

「はい。やっとお会いできました」

再びの沈黙のあとで小板橋は言った。

「トドさん、千明社長と会わせてくれないか」

六

「なるほど、これが『二銭銅貨』の自筆原稿ですか」

「『二銭銅貨』のトリックは斬新でしたね。癖のある筆跡ですね。こうして目の当たりにすると、より親近感が増しますね。千明社長は大の乱歩ファンとお聞きしたので、ここにご招待してほんとうによかったと思います」

「いや、社長はご勘弁ください。今日はお互い、一ファンとしてここにいるわけですから。でも、探偵小説ファンにとってはまさしく垂涎の的ですね」

やはり、千明社長はミステリー（推理小説）のことを〝探偵小説〟と呼ぶようだ。

今、小板橋教授と千明社長がいるのは、このほど東京の西部に開館した『日本文芸会館』で、現在、『日本推理界の祖・江戸川乱歩展』が開催されている。閉館時刻がせまっていたので、ほとんど他には客はいなかった。

「ほんとうですね。乱歩は日本のミステリーを語るうえで欠かせない存在ですからね」

　小板橋も目を輝かせて同意した。

「千明社長とご一緒できて光栄です。なかなか探偵小説を語り合える人はいませんからね」

「いや、私もまさか小板橋先生が探偵小説ファンだとは思いませんでした」

　千明社長もほんとうに嬉しそうに言った。


　一週間前のこと。小板橋教授の研究室を訪れた外所警部が言った。

「コイタ、千明社長のアポが取れたぜ」

「そうか、ありがとう」

　そう言うと小板橋は意味ありげに、じっと警部の顔を見つめた。

「コイタ。お前、疑ってるんだろ」

「そう言うトドさんも」

「まあな。根拠はないが、何というか、長年の勘というか……。コイタは実際に話したことがあるから、なおさらだろ」

「それで、アリバイはどんな感じなのかな」

「三件ともアリバイがないのは前に言ったと思うが、三回とも伊豆の別荘に行ってたと言うんだ、それも一人で」

「一人で？　大企業の社長がかい」

「ああ。オフのときは誰にも会いたくないそうだ。お抱えの運転手にさえもな。どこへ行くにも自分で運転するそうだ。運転が好きなんだと」

「それじゃ、高速の通過記録はどうなの」

「それが、高速は使わないで、下で行ったと言うから始末が悪い」

「わざとアリバイをなくしてるみたいだね」

「まあ、下手なアリバイ工作をするよりゃましだからな」

「何か、伊豆にいたことを証明できそうな事実はないのかな」

「独り者のうえに孤独が好きときてるからなあ。あ、そうそう。なんでも、近所の別荘の庭に大きなヤマモモの木があって、実がたくさんなってたそうだよ」

「それじゃ、アリバイとしては弱いね。社員や周りの人たちは社長がどこで何をしているかはわからないということなんだね」

「ああ。オフでないときはたとえ夜中でも電話をしても怒らないそうだが、オフのときは絶対に連絡をするなと言われているそうだ。徹底してるよな」

「ところで、いじめのことも聞いてみたかい」

「ああ。一瞬、表情が曇ったような気がしたが、そんなこともありましたかなあって言ってたよ」

「そうか。まあ、あとは会ってみての印象かな」

「トリックとしては私は横溝正史のほうが好きですね」

小板橋教授と千明社長の探偵小説談義は、会館の近くの喫茶店に場所を移して続いていた。

「同感ですね」

小板橋が応じた。

「『本陣殺人事件』は物理的にちょっと無理はあるかもしれませんが、面白いと思います」

「そうですね。和室の密室トリックとしては画期的ですね。あと、『蝶々殺人事件』の時間差はいいですね」

「まったく同感です。横溝は音楽に造詣が深かったようで、『蝶々』もそうですが、『悪魔が来りて笛を吹く』でも音楽が重要な要素になっています。私も音楽をやっている身ですので余計親近感をおぼえます」

「なるほど。私などは音楽はまったく不調法ですが、専門家から見ると、また感じ方が違うのでしょうね。そう言えば、『本陣』では琴が使われていたのでしたよね」

「そうです。夜中に密室で鳴り響くんです。『本陣』はあそこがすべてですね」

その後も二人の探偵小説談義はしばらく続いた。二人は一番奥まった席に座って話し込んでいたが、客の数がひと組、またひと組と減っていき、自分たちだけになるのを確認すると、小板橋はおもむろに改まった口調で話し始めた。

「実は、今日大変お忙しい中をこんな遠くまで来ていただいたのは、お尋ねしたいことがあったからなんです」

そう言うと小板橋は一旦、視線を窓の外に向けた。しとしとと小雨に煙る郊外は早くも秋の気配が感じられた。やがて、その視線を戻すと、

「勘のいいあなたのことですから、もうお察しのことと思いますが……」

「連続殺人の件ですね」

千明社長が遮った。

「そうなんです。話の内容は外所警部から聞いてだいたいわかっているんですが、直接お聞きしたいと思いまして」

「警察にも申し上げましたが、三人の被害者はいずれも小学校の同級生だったのです。と言っても、最初、名前を聞いてもピンと来なくて、そう言えばそんな奴いたなあと思い出す程度ですが。それに私が彼らにいじめられていたかどうかは、よく覚えていないのです。あと、これが一番大事なのですが、アリバイについても聞かれまし

た。不幸なことに、いずれの件についてもアリバイがないのです。ですから、状況から見て私は容疑者の一人なのです」

千明社長はまだ聞きもしないことを実に理路整然と答えてくれた。あたかも前もって練習でもしたかのように。

「それで、犯行があったと思われる時間帯にどちらにいらっしゃったんですか」

「伊豆の別荘におりました」

「三回ともですか」

「三回ともです。たまたま休みがとれまして」

「何泊されましたか」

「別荘に行くときは大体一泊です。今回もそうでした」

「お一人でですか」

「一人でです。まあ、気の向いたときにすぐ出かけられるのが独り身のいいところです」

「私も同じく独り身ですので、お気持ちはよくわかります。車で行かれたそうですが、ご自分で運転なさったんですね」

「そうです。昔から車の運転が好きなものですから」

「高速道路をお使いになりましたか」

「いいえ。一般道で行きました。年甲斐もなく峠が好きでして」

「なるほど。それじゃ、別荘ではどなたかに会われませんでしたか。管理人さんとか。あと、どこかで買い物はされませんでしたか」

「いいえ。誰にも会いませんでした。買い物もしませんでした。食料などは家にあったものを持っていきましたので」

千明社長の話の内容は、外所警部から聞いていたのとほぼ同じだった。小板橋は、一人の人間がこんなにも完璧に誰にも会わずに行動できるものだろうかと内心疑問に思ったが、気を取り直して、いよいよ核心に触れる質問をぶつけてみた。

「三回のうち一回でも何か、別荘にいらしたことを証明できることはありませんか」

「そうですね、早朝の散歩以外は外に出なかったし、買い物もしなかったし、電話もしなかったし、日中は大抵鳥の声を聞きながら、読書をしていましたから……。あ、そうそう。これはアリバイになるかどうか、近くの別荘に大きなヤマモモの木があるのですが、たわわに実がなっていました。地面にもたくさん落ちていました。ああ、でも、こんなのはアリバイになりませんね」

案の定、千明社長はヤマモモのことを持ち出した。眼鏡の奥で小板橋の眼が鋭く光った。だが、千明社長はそれには気づかずに続けた。

「秋にはいつもヤマモモのジャムを頂くのですが、今年はお会いしていないので……。ああ、それから、そのお宅には大きな犬――秋田犬ですかね――がいるのですが、朝の散歩のとき、いつも吠えられるのです。そのときもやはり吠えられました。嫌われているようです」

そう言って千明社長は苦笑いをした。

「それはいつのときですか。三回目のときですか」

「そうです。この夏最後に別荘に行ったときです。でも、犬じゃ証人になれませんね」

小板橋教授の面を一瞬、悲しみの表情がよぎった。だが、それはすぐに消えて、彼は真正面から千明社長の顔を見つめた。

「千明さん」

一分ほどもそうしていただろうか。やがて、小板橋はおもむろに切り出した。

「実は、先日、伊豆に行ってきました。近所の別荘の方にもお会いしました」

千明社長はそれですべて察したようだった。背筋を伸ばして小板橋の次の言葉を待った。

「無理だったんです、それは二つとも。まず、ヤマモモですが、隔年結果といってヤマモモは一年おきに実をつけるのだそうです。今年は実をつけない年だったんです」

千明社長は諦観と安堵をない交ぜにしたような表情を浮かべた。

「それから、犬ですが、今年の春、十三歳で亡くなったそうです」

千明社長は寂しげな微笑を浮かべた。

小板橋は相手の反応を確かめてから、

「伊豆の別荘にはいらっしゃらなかったんですね」

「語るに落ちるとはこのことですね」

千明社長はすでに観念していた。

「おっしゃる通りです。別荘には行きませんでした。あの三人を殺したのは私です」

小板橋の顔に何とも名状しがたい複雑な表情が浮かんだ。あれほど世間を騒がせた猟奇的事件がこうも呆気なく解決を迎え、しかもその犯人が世界的に有名な企業のトップであったことが小板橋を狼狽させた。

「なぜ」

やっとそれだけ言うと、小板橋は呼吸を整えて言葉を選ぶように続けた。

「あなたほどの方がなぜあのような残虐な行為に及んだのか理解しかねます」

「許せなかったのです。あの三人は、浅井清行と金本昇八と粥川弘はどうしても許せなかったのです」

「やはり、その三人にいじめを受けていらっしゃったんですね」

「尋常ではありませんでした、あいつらのしたことは。初めは他の生徒たちがいじめの対象になっていたのです。それを見かねて注意をしたところ、今度は私がいじめの対象になったのです。そのやり方は実に巧妙で、教師には絶対にわからないようにするのです」

　千明社長は憎々しげに言うと、怒りも新たに語を継いだ。

「よくある、上履きの中に画鋲を入れたり、教科書をかくしたり、トイレに閉じ込めたりする嫌がらせは勿論のこと、さらにたちの悪い仕打ちにエスカレートしていきました。給食の中に砂を入れたり、階段から突き落としたり、果ては駄菓子屋で万引きまでさせました。猛犬で知られる近所の犬の尻尾をつかまされたこともありました。咬まれて五針縫いました」

「先生や親御さんに相談されなかったんですか」

「先ほども申しましたように、先生には見えないところで、わからないようにやるのです。他の生徒たちは見ても見ないふりをしました。報復が怖かったからです。親は信じてくれましたが、忙しかったり、やられたらやりかえせと言われたりで、ほとんどかばってはくれませんでした。一度殴り返したのですが、金本というのが柔道の実力者でとてもかないませんでした」

「いじめはどのくらい続いたんですか」

「卒業まで約三年間続きました」

「さぞお辛かったことでしょうね」

「そうですね。卒業後はみんなばらばらになるとわかっていましたから、あと少し、あと少しとこらえました。そして、中学生になると、ようやくいじめとは縁が切れました。私はこのことを忘れようとしました。記憶から消し去ろうとしました」

そこまで話すと、千明社長は冷めきったコーヒーを飲み干した。そして、改まった口調で続けた。

「ところが、最近になって俄然、あの記憶が蘇ってきてしまったのです」

ここでまた千明社長は一息入れた。

「実は、三年前に私は余命宣告を受けたのです」

「えっ」

「不治の病に冒されていたのです。仕事に熱中するあまり、自分の健康には気を配らなかったのです。これからというときに、まさに青天の霹靂でした。私は焦りました。今まで描いてきた将来のヴィジョンを描き換えなければなりませんでした。そして、自分の来し方を振り返りました。貧しい農家に生まれて、夜学に通いながら住み込みで働き、特殊印刷の技術を身に付けました。その後は順風満帆でした。一代で今の会社を設立し、大きくしていきました。やがて世界に認められるまでになりました。そんな矢先です。突然、私は行く手を遮られてしまったのです。

限られた時間の中で私は身辺整理を始めました。幸か不幸か私には家族がおりません。ですから、心配なのは会社のことだけです。あとに残された人たちが困ることの無いようにあれこれと手配しました。勿論、私の余命のことはごく一部の人間を除いて話しませんでした。

そして、大よその始末がついてほっと一息ついたとき、突然、あの忌まわしい記憶が蘇ってきたのです。幼年期の消し去りたい過去が。その後の人生が輝かしければ輝かしいほど、あの事実が、自分の名誉と人格を傷つけられた屈辱的な出来事が人生の唯一の汚点であるような気がしました」

「それで、三人に復讐しようと思われたんですね」

黙って耳を傾けていた小板橋がここで口を挿んだ。

「そうです。復讐したところで、忌まわしい過去を変えることはできませんが、そうすることで過去を清算しようとしたのです。そして、あいつらに自分が受けた以上の肉体的苦痛と精神的苦痛、それに辱めを与えて死に至らしめることを誓いました」

「ほかに復讐のしようはなかったんですか」

「初めは殺すつもりはなかったのですが、自分も間もなく死ぬことを思ったら、この世にあいつらが長らえることは許せませんでした」

「しかし、あなたのなさったことは人間として到底許されるものではありません」

小板橋は義憤に駆られて語気を荒げた。

「あなたのおっしゃる通りです。あのときの私は正常ではありませんでした。今はあのような神をも畏れぬ所業をしでかしたことを心より後悔しています。ですが、あのときはあの三人をこの世から消し去ることだけしか考えられませんでした。私は綿密な計画を立てました。できれば私の名が世間に知られないようにしたかったので、誰の手も借りずに事を運びました。尤も、あのような汚れた所業を他人にやらせるつもりははなからありませんでしたが。ただ、三人の現在の居所を調べるのだけは探偵の手を借りました。その際もそれぞれ三つの探偵事務所に依頼しました。それから、偶然を装い一人ずつ彼らに会いました。最初の浅井清行は彼の職場の最寄りの駅で待ち伏せし、一緒に酒を飲みました。そして、すきを窺ってビールに睡眠薬を入れて飲ませました。その後、意識が朦朧としたところで、家まで送ると言って自分の車に乗せて、昔使っていた印刷工場跡に連れて行きました。そこなら誰にも知られる心配はありませんので」

千明社長はここで一旦言葉を切ると、自らの行為をなぞるように先を続けた。

「工場に着くと、私は浅井を椅子に縛りつけ、水をかけて酔いを醒まさせました。そして、奴が私にした仕打ちを逐一話して聞かせました。聞き終わると、奴は粥川に命令されたからやったのだと言ってしきりに謝りました。勿論許すはずもなく、私は奴に猿ぐつわを噛ませると、かねて用意した鉄串を取り出しました。私はすぐにでも絞め殺してやりたい衝動を覚えましたが、最初の誓いを思い出し、こらえました。そのあとのことはご想像にお任せします。とても今申し上げることはできません」

　そう言って千明社長は後悔と慙愧に堪えぬ表情で下を向いた。が、すぐにその顔を上げると、告白を続けた。

「それから私は浅井を工場に置き去りにしました。三日後、様子を見に行くと、奴はまだ生きていました。そして、目でしきりに命乞いをしましたが、私は一切耳を貸さずに再び奴をそこに置き去りにしました」

　そこで千明社長は言葉を切ってちらっと外に目をやった。二人の話が長引いたので、さすがに長い初秋の日も翳りつつあった。

「そのあと私はしばらく工場には行きませんでした。生きている浅井を見るのが堪えられなかったからです。あんな残酷なことをしておいて、おかしいと思われるかもしれませんが、本当なんです。で、次に見に行ったとき、浅井はもう死んでいました。それから予め調べておいたところに遺体を運び、そこに遺棄しました。S県K市のごみ処理場です。裸にして不浄の場所に遺棄したのは最大限の屈辱を与えたかったからです。」

「なぜ埋めたりなさらなかったんですか」

小板橋が口を挿んだ。

「ああしておけば、発見が早くなって逮捕も早くなると思ったからです。誰かに自分の行為を止めてもらいたかったのかもしれません。私は逃げ隠れするつもりはありませんでした。ですから、アリバイ工作などはしなかったのですが、夜中に行動したり、休暇中の連絡を禁じたり、遺体を裸にしたりしたことが却って私を捜査の圏外に置く結果になってしまったのでしょう。探偵小説好きの性格が無意識のうちにそうさせたのかもしれません。それにしても、あの三人と私の接点によく気がつかれましたね。外所警部があなたの意見を取り入れたとおっしゃっていました」

「床屋に先客がいたからです」

今はもう表情を和らげた小板橋が言った。

「え？」

千明社長は怪訝そうに小板橋を見た。

「いつもは空いている行きつけの床屋に先客がいたので、待っている間に置いてあった古い週刊誌に目を通していたら、千明社長の記事が載っていたんです。それに生い立ちや学歴などが書かれていたんです」

「なるほど。そうでしたか」

千明社長は心から感心したようにしばし小板橋を見つめた。その視線を避けるかのように彼はウェイトレスを呼ぶと、コーヒーのお替わりを注文した。

コーヒーが運ばれてくると、千明社長は二件目と三件目の犯行についても事細かに説明を始めた。その口調にはすべてをなし切った達成感・充実感のようなものが感じられた。もう思い残すことはないといった様子だった。

「ところで」

千明社長がすべて話し終わったとみると、小板橋は改まった口調で話し始めた。

「申し上げにくいのですが、先ほどおっしゃっていた不治の病というのは……」

「ああ、そのことですね。実は余命の三年はとうに過ぎているのです。おそらく復讐を遂げたいという執念が余命を伸ばしたのだと思います。そうかといって生き返ったわけではありません。やることをやった安心感からか、最近は気が抜けたようで、すこぶる体調が悪いのです。こうしてお話ししている間もややもすると、意識が遠のきそうになるのです。もう長くはありますまい」

様々な思いが脳裏を去来し、小板橋は言うべき言葉が見つからなかった。が、その思いを千明社長自らが代弁した。

「そうは言っても、私のしたことは人間として到底許されるべきものではありません。世間に対しても多大な迷惑を及ぼしてしまいました。そして、何よりも遺族の方々とわが社の社員のみなさんにはお詫びの言葉もありません。これから警察に自首します。あとどのくらい生きられるかわかりませんが、命のある限り償いたいと思います」

その後、二人はいっしょに喫茶店を出た。辺りはもう薄暗く、街灯が灯っていた。千明社長は待たせてあった車に乗り込み、窓を開けると、寂しそうに言った。

「もう少し早くあなたに会いたかったと思います。残念です」

「そうですね。私も残念です」

二人は頭を下げ、車は走り出した。あとに一人残った小板橋は、千明社長が乗った車が遠ざかり、見えなくなるまで見送った。

七

小板橋教授と千明社長の会談から一週間後、衝撃的なニュースが日本中、いや世界中を駆け巡った。それは世界的に有名な千明印刷の千明社長の訃報だった。のみならず、あの日本中を震撼させた連続猟奇殺人事件の犯人があろうことか、千明社長その人だったということである。誰もが耳を疑った。目を疑った。人格者として知られ、苦労人で優れた経営者としても知られた、あの千明社長がまさか残虐極まる殺人事件の犯人であろうとは誰しも想像だにできなかった。この事実は経済界のみならず、あらゆる方面に非常な驚愕をもたらした。新聞は多くの紙面を費やし、テレビのニュースやワイドショーはこぞってこの話題を取り上げた。

千明社長が亡くなったことと、連続猟奇殺人事件の犯人が千明社長であったという事実はほぼ時を同じくして明らかになった。というのは、千明社長は生前、自分に何かあったら開けるようにと、小型金庫の鍵を側近の者に渡してあったからである。実は千明社長の死はほとんど急死といえるものだった。

小板橋教授と会った翌日の午後、千明社長は突然倒れ、病院に運ばれたが、その日の夜息を引きとったとのことだった。あまりに急な出来事で、周囲の者たちは非常にうろたえたが、かねてから病気のことを聞かされていた副社長をはじめ数人の重役たちが適切に事を処理したのだった。その際、言いつけ通りに小型金庫を開けてみると、中から三つの封筒が出てきた。一つは副社長宛、一つは弁護士宛の遺書で、あと一つは警察宛になっていた。

副社長以下重役たちが封筒の中身を読んで、愕然としたことは言うまでもないだろう。社長の急死はある程度覚悟していただろうが、自分たちが信頼し、尊敬してやまない社長が残忍で凶悪な犯罪者だなどとは夢にも考えられなかったに違いない。あまりのことに彼らは恐慌をきたし、しばし正常な判断ができなかった。が、やがて平常心を取り戻すと、彼らは手分けして各方面にしかるべき手配を行った。その中で特に急を要したのは、社員・従業員への周知徹底だった。事の次第を聞かされて、動揺するなと言う方が無理な話だが、極力それを小さく抑えるべく弁護士たちとも協議した。何よりも心配なのは会社の未来だった。前代未聞の不祥事を知って、顧客は、取引先は、世間は、世界は千明印刷のことをどうとらえるだろうか。数百人に及ぶ従業員たちは、その家族たちはどうなるのだろうか。

一方で、犯人が死亡したからといって、極めて衝撃的な犯罪が行われたわけだから、警察の捜査が行われることは避けられない。それだけでも不名誉なことであり、会社のイメージを著しく失墜させることであるが、首脳陣は積極的に警察に協力する姿勢を示した。いずれにしても、後に残された者たちの苦労は並大抵のことではなかった。

八

「それにしても、今度ばかりは驚いたなあ」

小板橋研究室のソファにどっかと腰を下ろしてコーヒーを啜りながら、外所警部が言った。

「今までいろんな事件を扱ってきたが、まさかあれだけの有名人が、しかもあんな残酷な手口の犯罪の犯人だったとはな」

あの衝撃的なニュースからほぼひと月、小板橋教授の研究室には数人の人々が集まっていた。テレビのワイドショーではいまだに千明事件を扱っていた。それだけ社会に与えた影響が大きいということだろう。懸念された千明印刷の今後だが、後継者たちの献身的な努力もあって、幸い、最小限の打撃で済みそうな公算となった。千明印刷が保有する様々な特許は世界が必要としていたし、経営陣は文字通り東奔西走し、社員の福利厚生を見直す一方、ＰＲの強化をし、売上げの確保をはかった。その結果、多少の退職者は出したものの、社員たちが路頭に迷うほどの売上げ減はなかった。それに、独身だった千明社長は遺言により財産のほとんどを被害者の遺族と会社と従業員に残していた。せめてもの罪滅ぼしのつもりだろう。そのことが却って、社長の人柄を知る人たちの気持ちを暗澹たらしめた。

「今回はテメエの管内でやられたもんだから、是が非でもこの手で挙げてやろうと思ったんだが、またしても犯人に死なれちまった」

外所警部は悔しそうに下唇を噛んだ。〝またしても〟というのは、三年前の春山教授殺害事件のことを言っているのだ。このときは犯人の自殺ということで収束を見たのだったが、今回も逮捕前に犯人が病死してしまったため、捜査陣の無念さは察して余りあるものがある。

「だけど、もし千明社長が生きていたら、どうだっただろう」

小板橋教授が言った。

「プライドが高い人だから、逮捕されるのを待たずにやはり自首しただろうね。やるべきことをやり終えてしまえば、思い残すことはなかったろうから。それに、アリバイが無いだけで証拠がないんだから、逮捕にはもう少し時間がかかっただろうね」

「それを言われると、一言もねえな」

外所警部は面目なさそうに言った。

「コイタにゃ今度もまたえらく世話になったな。それにこの度は静岡まで遠征してくれたそうだし」

「うん。丁度いい気晴らしになったよ。折角伊豆まで行ったんだから、温泉にも浸かってきたよ。いや、今回は偶然が重なった結果だよ。たまたま床屋に先客がいて、たまたま週刊誌を開かなかったら、千明社長のことは知らずじまいだったろうし、結婚式場で会ったのも、みな偶然さ」

「ほんとうに偶然というのは不思議ですね」

久しぶりに研究室に姿を見せた岩井健太郎と堀口茜の二人と部屋の隅に並んで腰か

けていた真下刑事がさも感心したように言った。年齢が近いせいか、三人はもうすっかり打ち解けた様子だった。

「尤も、もし千明氏が生きていたとしたら、一連の猟奇殺人事件はそもそも起こらなかっただろうね。はからずも余命宣告を受けてしまったために、身辺整理を始める傍ら、自らの来し方を振り返ったところ、幼少時代のいじめの事実に気づいてしまった。おそらく強いて封印してきたおぞましい過去だったんだろう。千明氏はそれを生涯の唯一の汚点と言っていたよ」

「余程つらかったんですね、子供心にも」

それまで黙って聞いていた岩井健太郎が口を挿んだ。

「そりゃあ、トラウマにもなるだろう、あんなことを何年もやられりゃ」

小板橋から千明社長との会談の内容を逐一聞かされていた外所警部が同情的に言った。

「だが、だからと言って、千明社長のしたことが許されるわけはない。やはり、法の裁きを受けるべきだったんだ」

警部は官憲の顔に戻って言い足した。

「トドさんには後味の悪い思いをさせてしまったね」

「いやいや、コイタにゃ感謝してるんだ。それにしても、犯人が極悪人じゃないところが辛いよな」

湿りがちな部屋の雰囲気を頓狂な声で一新したのは堀口茜だった。

「あっ、そうだ。小板橋先生、やっと〝サーベルタイガー〟のコンサートのチケットが取れたんです。従妹と行ってきます」

「そう、それは良かったね」

そう言うと小板橋峻介は、開け放った窓の外に目をやった。どこからか、金木犀の甘い香りが漂ってきた。

五月前夜《メイイヴ》

五月を明日にひかえた晩のこと。

一人の男が古びた自転車の錆びたペダルを軋ませながら、家路を急いでいた。駅からはき出された人の群れは四散して、一人また一人とその数を減らし、前を走っていた自転車もいつの間にか、どこかへ行ってしまった。

無理をして購入した建売住宅への道のりはまだまだ遠かった。さしもの広い駅前通りもしだいに道幅を狭め、街灯の間隔も間遠になり、この土地が未だ開発途上であることを露呈していた。

「畜生！」

何か気に入らないことでもあったのか、男はそう呟くと、さも忌々しげに唾を吐いた。唾は折から咲き始めた純白のツツジの花にかかった。

そのうちに、民家もまばらになり、空き地や荒れ地が目立ってきた。同時に心細さも増してきた。気が付くと、灯りといえば、ボロ自転車のライトの光芒のみ、月も星

もなかった。また、聞こえるものといえば、ペダルの軋む音ばかり。何となく違和感を感じた男は、

「少し飲みすぎたかな」と独りごちると自転車を止め、両手でぴたぴたと顔をたたいてみた。が、状況は変わらなかった。

こちらに引っ越してきてからまだ一週間しか経たないが、それでも通勤ルートはすっかり覚えたつもりだった。だが、家は見えてこなかった。変だなと思いながらも、なおしばらく進むと、何も見えなかった前方にぼんやりと建物らしきものが見えてきた。ややほっとしてさらに行くと、どうやらそれは学校のようだった。

——はて、こんなところに学校なんてあったかしら。それに、家まではほとんど一直線で、曲がるところはないはずなのに、いつの間にか、学校の敷地内に入ってしまっている。

男はそう思ったが、なぜか戻る気にもならず、そのまま直進してしまった。

吸い込まれるように校舎の入口らしきところを通り抜けると、校庭に出た。果てしなく広がっているかと思われる校庭を男はそろそろと進んでいった。L字型の校舎の窓という窓が無数の目となって自分を見下ろしているように思われた。

一体、夜の学校ほど薄気味の悪いところはない。中学生の時、忘れ物を取りに夜の学校に来たことがあった。ところどころ照明が落ちていて、さっと先回りする自分の

影や足音に怖じ気づいて、走って教室まで往復したのを今でも鮮明に覚えている。そのときのことを思い出し、男はしだいに鼓動が速くなるのを感じた。そして、途中で引き返さなかったことを後悔し始めていた。

すると、遠くの方にかすかに灯りらしきものが見えた。男は漠然とした恐怖を感じたが、もどるのはもっと怖かったので―それに好奇心も手伝って―自転車を降りて手で押しながらそっと近づいて行った。

近づくにつれて、灯りと思われたのは、ゆらゆら揺れていることから、どうやら焚き火のようだった。そして、その火を中心にして車座に座っている人影が見て取れた。

――こんな夜中にこんなところで一体何をしているんだろう。

いったん立ち止まった男は、募りゆく好奇心に恐怖を忘れ、さらに少しずつ近づいて行った。こちらは真っ暗なので、向うからは見えないはずだった。男が身を低くして窺うと、人影は全部で九つくらい見えた。そして、それぞれの前には何か食べ物を盛った容器のようなものやグラスのようなものが置かれていて、ときおりそれらを口に運ぶ様子が見て取れた。何を食べ、飲んでいるかは定かではなかったが、ときおり風向きの塩梅でその匂いが伝わってきた。それはかつて嗅いだことのない、吐き気を催すような不快な匂いだった。

彼らは飲食の様子から、何かの宴会をやっているらしかったが、話し声はよく聞き取れなかった。そこで、男はさらに身を低くして、一歩ずつ近づいて行った。すると、辛うじて声は聞き取れるようになったが、何をしゃべっているのかは皆目わからなかった。少なくとも、男が知っている言語のどれとも異なっていた。さらに、人影の姿もよりはっきり見えるようになった。中にひときわ大きい人影がいて――あろうことか、その頭部には二本の角のようなものが突き出ていた――目の前の皿を片手で払いのけると、傍らの人影に覆いかぶさった。そして、二つの影が重なると、そこからは世にもおぞましい嬌声が響いてきた。男はあまりの光景に、隠れるのも忘れ、呆然と立ち尽くしていた。

やがて大きい影は小さい影から離れると、今度は別の影と重なった。すると、今度もまた同じように身の毛のよだつような嬌声が野獣のような唸り声に交じって聞こえてきた。さらに、この狂態は次々と相手を変え、延々と続けられた。

男は本能的に身の危険を感じ、この場を離れることを考えた。そして、じわじわと後ずさりを始めた。が、しかし、このとき、ボロ自転車が裏切った。自転車ごと後ずさりという無理な体勢がたたって、ペダルに足が引っかかり、ギーとあたりの静寂を引き裂く騒音をたててしまったのだ。その瞬間、すべての人影が一斉にこちらを振り向いた。男の背筋を冷たいものが這い上がった。一時風にあおられた焚き火に照らし出されたその顔はとても人間のものとは思えなかった。男は声にならない叫びをあげると、自転車に飛び乗り、ペダルをこごうとした。が、あせるばかりで足が滑り、なかなか走り出すことができない。その間にも異形の者たちは奇声を上げて物凄い速さでこちらに向かってきていた。

ようやく男が走り出したその瞬間、先頭を走っていた者が男目がけて飛びついた。獰猛な息づかいが聞こえるようだ。だが、その手はむなしく空を切り、後ろの泥除けにキイーとヒステリックな音をさせて爪を立てるにとどまった。

間一髪、危機を脱した男は死に物狂いでペダルをこぎ続けた。ギーギー、ギーギー。耳障りな音が闇を引き裂いた。後方では異形の者たちが悔し紛れに叫んでいるような気がした。男はどこをどう走っているのか、考える余裕もなくひたすら走り続けた。が、そのうちに、しだいに意識が遠のくのを感じた。そして、ついにはまったく意識をなくしてしまった。

「あなた。あなた」

だれかが自分を呼んでいる。

「あなた。ねえ、あなたったら」

「ううっ」

激しく揺り動かされて、男は短く呻いた。

「あなた、大丈夫？　ねえ、起きて」

男は薄目を開けた。そして、自分を覗き込んでいる人の姿を認めると、

「うわっ」

と叫んで飛びのいた。

「どうしたのよ。いったい何があったの。怪我はない？」

そう畳みかける妻の顔をようやく認識すると、男はやや安堵の表情で周りを見回した。

男が目を覚ましたのは、まだ、ブロック塀が工事中の自分の家の庭だった。朝露に体がしっとりしている。どうやら、ここで眠ってしまったらしい。傍らに愛用のボロ自転車がひっくり返っていた。防犯のために飼い始めた愛犬は犬小屋の中から様子を窺っている。犬嫌いの男には懐かないのだ。

やがて、朝の光に頭が冴えてくると、男は、

「あいつらは。あいつらはどうした？」

と、思い出したように急き込んで尋ねた。

「あいつらって誰よ。何があったの。とにかく、中へ入って。泥だらけじゃないの」

妻に促されて家に入ると、男はシャワーを浴びて着替えをしてからキッチンのテー

ブルについた。そして、妻が淹れてくれたコーヒーをひと口、ふた口啜った。そうして、ようやく人心地ついた男は、おもむろに昨夜《ゆうべ》の出来事を一部始終話し始めた。

「悪い夢でも見たんじゃないの。変なところで寝るから」

聞き終わって、案の定、妻は一笑に付した。

「だいたい、学校なんてこの辺にないじゃない。飲みすぎたのよ、絶対。いずれにしても、帰らないなら、連絡くらいしてよね、まったく。終電の時間まで待ってたんだから」

「いや、帰るつもりだったんだよ。と言うより、帰ってきたんだよ。だって、ここにいたろ」

「とにかく、飲みすぎよ。今後、気をつけてよ」

妻にまくしたてられて、男は悄然としてコーヒーを啜った。

「学校…。そうだよな。やっぱり飲みすぎたのかな。翌日が休みだっていう頭もあって」

「そうよ。そうに決まってるわ。それに、今日は買い物に行く約束でしょ。あたし、ジョンの散歩に行ってくるから。そこに用意してあるから、適当に食べてね」

そう言って妻は出て行ってしまった。すぐに庭の方でワンワンとうれしそうな鳴き声がした。

先ほどから頭痛がしていた男は、カップを置くとベランダに出た。気分とは裏腹に五月晴れだった。ふと、庭の片隅に打ち捨てられたように転がっている自転車に目がいった。男はサンダルをつっかけて庭に下りると、自転車の方に行き、それを起こしてスタンドを立てた。あちこち泥だらけだった。男は水道のところへ行き、ホースを引っぱってくると、自転車を洗い始めた。

「まだまだ使えるな」

しだいにきれいになってゆく自転車を見て、男は満足げに独り言を言った。

だが、男は気が付かなかった。後ろの泥よけに何かで引っ掻いたような長く、深い傷跡が二筋ついていることに。

そらにみつ　――ある女性の日記

ここに一冊の日記帳がある。日記帳と言っても、普通の大学ノートにほとんど走り書きのように綴られており、流麗な筆跡とその内容から若い女性の手になるものと思われる。

申し遅れたが、かく言う私は売れない作家で、三流雑誌に雑文などを書いて何とか糊口を凌いでいる。

それはさておき、私がこの日記をいかにして手に入れたかという、そのいきさつは今は伏せておくことにする。いずれにしても、私はこの日記に少なからず興味を覚え、他人の生活を覗き見ることに一抹の罪悪感を感じつつも一気に読み終えてしまった。こう書くと、私同様、好奇心をそそられる向きもあろうかと思われるので、何はともあれ、以下に全文を掲げることとする。なお、「そらにみつ」はこちらで勝手に付けさせていただいた。

九月二十四日　晴　中秋

日記など書いたことがないけれど、書かずにいられなくなった。

今日、思いがけないことがあった。

いつものように、夜、浮見堂へ出かけ、本を読んでいると、一人の男性に声を掛けられた。少し怖かったけれど、誠実そうな方だったので、やや安心した。

その方は年若い旅行者で、月があまりにきれいだったので、思わず旅館から飛び出してきたとのこと。何か面白そうな方。聞けば、東京の大学で邦楽を教えているとのこと。

初対面なのに話が合って随分と長話してしまった。我ながら驚いた。

彼の言うには、今朝もここ浮見堂で私を見かけたとの由。ここが気に入っているらしい。朝の散歩コースになっているそう。私もここが好きなので、明日も会うかしら。

そのあと月の光を浴びながら途中まで一緒に帰った。

九月二十五日　快晴

朝、また浮見堂で昨夜の男性と会う。

午前中、市内をご案内することになった。

あとになって、案内を申し出たことを後悔した。近鉄の駅で待ち合わせて、西ノ京などをご案内した。唐招提寺、薬師寺は久しぶりだ。

話していてとても楽しい。話題は豊富だし、相手に対する気配りも感じられる。でも、不安を感じて、気まずい雰囲気のまま別れてしまった。連絡先も聞かなかった。

これでよかったのかもしれない。

九月二十六日　晴
運命の日。

午前中、ブラームスをさらっていると、窓の外から声を掛ける人がいた。網戸を開けてみると、なんとそれはあの方だった。

驚きのあまり、しばらくは声が出なかった。

あの方も相当驚かれたようで、お互い、無言のまま立ちつくしてしまった。

おととい の晩、浮見堂で偶然出会ったこととといい、そして、今日また、あの方が突然訪れたことといい、何か運命的な力を感じる。

あの方のおっしゃるには、急に木津川が見たくなって途中下車して堤を歩いていたら、ピアノの音が聞こえてきたので、思わず下りてきて声を掛けてしまったとのことだった。

ブラームスが好きだとおっしゃるので、何曲か聴いていただいた。とても感動されたご様子。演奏者冥利に尽きる。

その後、二時間ほど談笑。何の屈託もなく男性と話せる自分に驚いた。

帰り際、郵便受の私の名前を見てから、なぜかあの方の様子が変わった。どうしたのかしら。

あの方も名刺をくださって、お互いの名前が知れた。

加茂駅まで送っていく途中も、あの方は何か思いつめたご様子だった。

この三日間の出来事が去来して、今夜は眠れそうにない。

十月十日　雨

朝晩はとても涼しくなった。寒いくらい。

あれから、あの方のことを考えることが多くなった。

先日のお礼を兼ねて、今月末のピアノの発表会のことなど、近況についてあの方に書き送った。

十月二十日　曇

あの方から返事が届く。律儀な人のようだ。

あの方はこちらを既婚者だと思い込んでいるご様子。そう言えば、加茂駅の待合室で、しきりに周囲を気にされたり、そわそわなさったりしていたのはそのせいかしら。

まあ、既婚者には違いはないけれど……。

十月三十一日　雨

ピアノの発表会は大成功だった。どの生徒さんもみな、自分の実力を充分発揮できたと思う。音楽の好きなあの方にも是非見ていただきたかった。無理な話だけど。

先日いただいた子犬はもうすっかり慣れた様子。とても可愛い。飼うことに決めてよかった。淋しさもまぎれるし。

あの方にまたお便りしよう。

十一月二十日　雨

あの方から返事が来ない。

十二月十日　曇
あの方から返事が来ない。お忙しいのかしら。

十二月十九日　晴
今年ももうわずか。
今年は思いがけないことが起きた。
もし、運命が許すなら、必ずもう一度会えるに違いない。
あの方に年賀状を書こう。

一月一日　晴
新しい年の幕開けにふさわしい小春日和。
特別な一年になりそうな予感がする。
近くの神社に詣でる。
あの方からも賀状が届いた。息災のご様子。
以前のような不安はほとんど感じなくなった。

三月二十九日　晴　東京にて

実家の旅館の手伝いなどで何かと忙しく、随分ご無沙汰してしまった。

友人の結婚式のため上京。

その前に横浜で学生時代の友人と会う。十年ぶりだ。懐かしかった。

夜、あの方からホテルの方に電話がかかってきた。

あす、披露宴の後、お会いすることになった。東京を案内して下さるとのこと。

三月三十日　晴　東京にて
披露宴は盛大だった。花嫁さん（後輩）がとてもきれいだった。
動物園の前で待ち合わせて、あの方と再会。
半年ぶりなのに、何年も経ったような気がする。
そのまま動物園へ。何年ぶりかしら。暖かな日曜でとても混雑していた。
あの方は何か思いつめたようなご様子だった。

自分が寡婦だということを、ついにあの方に告げた。

胸のつかえが取れたような気がした。

すると、あの方も心なしか、表情が和らいだような気がした。そのあとは楽しく過ごすことができた。

不忍池という大きな池でボートに乗った。自分から言い出して。どうしてそんな気になったのか自分でも不思議だ。きっと、気にしていたことを言えたからだろう。

あの方はとてもボートがお上手。私には無理。

ボートを降りるとき、あの方が手を貸して下さった。柔らかくて繊細な手だった。

そのあと、有名な「アメ横」を少しぶらついてから、素敵なレストランでお食事をご馳走になった。そのうえ、あの方はホテルまで送って下さった。

明日も案内して下さるとのこと。よかった。

あの方はやはり独身だった。

三月三十一日　雨　東京にて
生憎の雨となった。少し寒い。

足元が悪いからと、あの方は今日は車を出して下さった。

あまり人が行かない所がいいだろうと、あの方が案内して下さったのは、T記念館、A彫塑館、F庭園など。いずれも私は初めての場所だった。

T記念館では知っている日本画が何点かあった。A彫塑館は猫の彫刻が可愛かった。F庭園の建物は映画などで使われる有名なものだった。

あの方の言われるように、いずれの場所もすてきなのに、雨で平日のためか、あまり人がいなかった。

その後、東京駅まで送っていただき、お食事までご馳走になった。東京にいるときは任せてください、とおっしゃるので甘えてしまった。

食後のコーヒーをかき混ぜながら、あの方が突然、自分もかつて恋人と死別したことがあるとおっしゃった。詳しくはお聞きしなかったけれど、同じ境遇に驚いた。あの方が時折見せる淋しげな表情はそのせいだったのかしら。

その後、あの方がホームでのお別れは苦手だとおっしゃるので、改札口でお別れした。再会を約して。

帰宅後、いたたまれず、お友達に電話して相談に乗ってもらった。彼女が言うには、あれからもう何年も経つのだから、前向きに考えなさいということだった。話を聞いてもらって、とても気が楽になった。

四月四日　花曇り
この間お会いしたばかりなのに、あの方が奈良を訪れて下さった。黙ってらしたのは私をびっくりさせようとなさったのかしら。大学は春休みとのこと。
西大寺駅で待ち合わせて室生寺・長谷寺を巡った。

奈良は何度も訪れて詳しいご様子なのに、桜をご覧になったことはないというので、是非、と思い、ご案内した。特に長谷寺の枝垂桜がお気に入りのご様子だった。帰りに、あの方のご所望で山の辺の道に寄る。私も久し振り。ここでもあちらこちらで桜を愛でることができた。普段、運動不足のせいか、少し足が疲れたが、さすがに若いあの方は全然平気のご様子。

暗くなりそうなので、大神神社まで歩いて終了。

市内に戻って、茶粥をご馳走した。奈良にはあまり美味しいものがないけれど、お口にあったかしら。

お宿は実家の旅館をご提供しようと思ったけれど、奈良ホテルをご予約とのこと。

四月五日　晴

ほんとうにあの方は晴れ男。雨女の私の負け。

花曇りという言葉があるけれど、やはり、晴天の桜が最高だ。私のような者でも心がうきうきする。

今日は近鉄奈良駅で待ち合わせた。思い出の「行基の噴水」の前で。

今回は徹底的に桜にこだわるご様子。少し遠出をして吉野へ。

思った通り、桜は少し早かった。それでも中千本くらいまでは十分楽しめたので、蔵王堂の辺りをぶらぶらと散策した。やはり、桜の名所のことゆえ結構人が出ていた。

あの方はとても満足のご様子でほんとうに良かった。

帰路、橿原神宮に寄った。あの方は初めてと仰っていた。私も久し振り。

今日のお宿は是非にといって、無理に実家の旅館にお連れした。

両親に会っていただいた。母は愛想よく迎えてくれたが、父は前のことで懲りたのか、男性に対しては態度が硬かった。無理もないけれど。

お夕食は名物の『若草鍋』で御もてなしした。美味しい、美味しいと言って下さった。よかった。

四月六日　曇のち雨
今日、あの方は奈良を発って滋賀に向かうとのことなので、奈良駅でお見送りした。
何でも琵琶湖の近辺に点在する十一面観音を見て歩きたいとのことだった。当地にも四体の国宝があるそうだが、私は恥ずかしながら知らなかった。
別れ際、あの方は、また会いたいと仰って下さった。私も会いたいと思うけれど……。

夜、またお友達に電話して聞いてもらった。私の話を聞いているともどかしいと彼女は言う。過ぎたことは忘れて、どんどん前に向かって進みなさいと言う。

何だか少し気が楽になった。彼女の言うとおり、前に向かって進んでみようと思う。運命が許すなら、きっと良い結果が得られるだろう。

四月十五日　曇
あの方から便りが届いた。

その中には、あのあと私と別れてからのことが事細かに綴られていた。

何でも琵琶湖の周りには多くの十一面観音様がいらっしゃって、そのうちの一体は国宝でとても美しいお姿だそうだ。あの方が大好きな観音様、私もお会いしてみたい。

お手紙には他に私たちのこれからについても書かれていた。あの方と私はお互い遠く離れているので、なかなか簡単には会うことはできない。そこで、中間の名古屋とか静岡とかで落ち合うのはどうかとあの方は提案されていた。私も良い考えだと思う。賛成ですとあの方に書き送ろう。

新年度が始まり、お互い忙しくなるけれど、時々お会いできると良いと思う。

六月二十二日　雨
今日はあの人の祥月命日。
毎年、どうしてもこの日を思い出してしまう。とくにこんな雨の日は。
でも、今は以前のような辛さはあまり感じなくなっているような気がする。
お友達の言うように、あの事を忘れられるかもしれない。
やはり、あの方の存在が自分の中で大きくなりつつあることを感じる。
夜、あの方に電話。最近は電話で話すことが多い。お声を聞くとほっとする。
早くお会いしたい。

七月二十三日　晴
目眩く陽射しとともに梅雨が明けた。

およそ四か月ぶりにあの方と会う。

名古屋駅で待ち合わせて、名古屋城、熱田神宮、犬山城などを巡った。いずれも私は初めての場所。あの方も久し振りとのこと。

名古屋には意外と美味しいものが多いのに驚いた。

今回もたくさん話すことができた。日を追うごとにあの方の人柄が明らかになっていくけれど、何の違和感も感じない。一緒にいてとても楽しい。けれども、私たちの逢瀬はいつも日帰り。それはあの方のストイックな一面のあらわれのような気がする。私も異存はないので、最終列車に余裕をもって名古屋駅でお別れした。

八月某日
最近、これから先のことを考えることが多くなった。今までは過去のことにとらわれて、毎日を生き抜いていくのが精一杯で、将来のことなど考える余裕などなかったのに。今は遠くに灯りが灯ったように思える。

九月二十四日　晴
今日は初めてあの方にお会いしてからちょうど丸一年の記念日。あの方はちゃんとそのことを覚えていてくださって、連休を利用して当地を訪れて下さった。例によって、あの方はこちらの前にどこかに寄っていらっしゃったご様子。ほんとうに旅がお好きなのね。
夜、街に出て一周年を記念してワインで祝杯をあげた。そう言えば、あの方とお酒をいただくのは初めて。久し振りに少し酔ってしまった。

お宿は実家の旅館に泊まっていただいた。

九月二十五日　曇
今日は午後から雨になる予報なので、朝食後一緒に浮見堂に行った。

思えば一年前、初めてあの方とお会いしたのは浮見堂だった。二人ともお気に入りの場所だった。月のきれいな中秋の晩だった。

あの晩のことをあの方と語り合った。私同様、あの方もあの晩のことを鮮明に覚えていて下さった。

そのあと、浮見堂のある鷺池でボートに乗った。また私から言い出して。ボートに乗るのは不忍池以来。

池の中ほどであの方はオールを漕ぐ手を止めて、いつになく真剣な表情で、

――僕と同じ方向を見つめてください。

とおっしゃった。

あの方らしい表現だと思ったけれど、なんとお答えすればよいかわからなかった。けれども、あの方は私の様子で察してくださったらしく、表情を和らげると、ボートを漕いでみるようにとおっしゃった。

ボートを漕ぐのはけっこう難しく、オールが水面をたたいて水をかぶってしまったり、なかなか進まなかったりした。おまけにオールの木が腐っていて、爪の間に棘が刺さってしまった。少し血が出たけれど、消毒したので大丈夫だろう。

明日はお仕事だということなので、昼食後、近鉄の駅でお見送りした。

夜、両親に自分の気持ちを話した。母は賛成してくれたけれど、父は何も言わなかった。お友達もとても喜んでくれた。

私も心を決めた。これからはあの方と同じ方向を見つめて生きてゆこう。

今度は大丈夫。

日記はここで終わっている。このあと二人がどうなったかは誰しも気になるところだろう。

その内容から奈良在住と思われる、夫に先立たれた若き未亡人と、やはり恋人と死別した経験のある、それよりは年少らしき東京在住の大学講師の男性とのプラトニックな恋愛がこの日記から想像される。しかも、二人とも――とくに女性の方が――相手の死に関して何か曰くありげである。そのせいか、女性はこわごわと手探りをしているようで、二人の間は極めて静かにゆっくりと進んでいる。それでも、その歩みは着実で、最後の方では明るい未来さえ感じられ、読んでいる方はつい応援したくなってしまう。とは言うものの、なぜこの日記がここで終わっているのか、また、このあと女性はどうなったのか、気になるところではある。

いずれにしても、冒頭にも述べたように、私はこの日記に少なからず興味を覚え、久し振りにまともなものを書いてみたくなった。ちょうど『伊勢物語』が歌と歌の間を埋めたように、日記と日記の間を私なりの解釈で埋めていきたいと思う。果たしてどんなものが出来上がるか。自分でも楽しみだ。

神の味噌汁

開け放った病室の窓から九月のそよ風がかすかに蜩の声を運んでくる。

——何て涼しいのだろう。この間までの暑さが嘘のようだ。

彼は立ち上がって窓辺に行き、網戸を開けた。眼下に広がる箱庭のような景色が彼の心を一層重くした。慣れない様子で松葉杖をついていく人がいる。車いすを押してもらって散歩している人がいる。

——あの人たちの方が数倍幸せだ。

彼は網戸を閉めると、ゆっくりと振り返った。そこには彼の妻が依然として同じ姿勢のまま横たわっていた。

——あとどの位続くのだろう。

声を掛けても体を揺すっても何の反応も示さない妻を見下ろしながら彼は溜め息をついた。

「パパ、おしっこ」

そのとき、隣のベッドでうたた寝をしていた、彼の小さな息子が目を覚まし、足に纏わりついてきた。

「ん、そうか。おしっこか」

手を洗うとき、ふと顔を上げると、鏡の向うから痩せた貧相な男が自分を見つめ返していた。まだ三十五だというのに、すっかり髪が後退してしまっている。

「とんだ貧乏くじを引いちまったな」

鏡の中の男はそう言いたそうに見えた。

——あの時、あの娘《こ》を選んでさえいれば……。あの時……。

彼の意識は遡り始め、目の前の自分は見る見る若さを増していった。


「よし、剃り残しなし」

鏡を覗き込みながら、彼は満足気にすべすべになった顎を撫で上げた。

「早くしないと、二五分のに間に合わないぞ」

そんな独り言もどこか明るさに満ちている。

駅に着くと、彼はためらうことなくホームの最前部へと急いだ。

——一両目の二番目のドア。

乗車の位置は決まっていた。それも八時二五分の電車に限る。それ以前でも以後でも駄目だ。二五分。二五分に乗れば、きっと……。

　やがて、アナウンスがあり、間もなく八時二五分の電車が入ってきた。徐々に速度を落としながら、最前部の車両が滑るように近づき、二つ目のドアが彼の正面で止まった。静かにドアが開く。朝のため、降りる人は一人もいない。それを確認してから、彼はおもむろに乗り込む。そうしながらも目は何かを探している。そして、目当てのものを見つけると、

「お早う」

「お早うございます」

　周囲を気にしつつ、爽やかな挨拶が交わされる。相手はにっこりとほほえみ――実際、この笑顔に会いたいばかりに朝食も摂らずに出掛ける毎日だった――手にした本をバッグにしまって、彼との会話に備える。これが彼の目下の日課だった。

　彼女――小澤いづみ――は一昨年の新入社員で、今年、二十歳。彼女に対する彼の第一印象は、目が大きくてどこかエキゾチックで健康的な女性という感じだった。だが、お互い部署が異なるので、挨拶以外、殆ど話したことはなかった。それが、今年になって、たまたま同じ電車に乗り合わせ、初めて言葉を交わす機会を持った。その時の会話から、彼女は一つ先の駅から乗ってくること、彼とは住まいが遠くないこと、さらに、同じ中学の出身であることが明らかになった。そんなことからお互いに

親近感を覚え、最初から会話は弾んだ。

そのあとも幾度か同じ電車に乗り合わせたが、そのうちに二人の乗る電車は〝八時二五分〟に定着した。勿論、彼の方では意識してそうしていたのだが、或いは彼女の方でも…という思いが彼にはあった。いずれにしても、会社に着くまでの三十数分間を彼は大切なひと時と考えていた。

「何の本、読んでたの」

目ざとく彼は尋ねた。

「これですか」

と言って、いづみは今しまったばかりの文庫本を取り出し、彼に手渡した。それは二、三日前に入荷したばかりのブラッドベリの新作だった。

「SFが好きなんだ」

「ええ。特にブラッドベリは好きで、全部読みました」

「へえ。それはすごいね。僕は広く浅くの方だから、一人の作家を追求したことはないけど、そういうのもいいね」

彼は本を返しながら言った。

「今は何か読んでいらっしゃいますか」

「いや、最近は経営書ばかりで、楽しみとしての読書とは疎遠になってるんだ」

「そうですよね。一つの部署を任されていると責任重大ですよね」

そう言うといづみは急に思い出したように続けた。

「こんなことお聞きするのは失礼ですけど、町井さんはなんでこの会社に入社されたんですか。他から引き抜かれたっていう噂ですけど。あ、ごめんなさい。余計なこと言って」

「いや、いいんだよ。みんな知ってるし。結局、何でも手に入る書店というのに魅力を感じたからかな。あらゆる読者の希望を叶えられる書店というのが夢だったんだ。前にいた書店もかなり大きかったけど、年間の新刊書の数を考えれば限界があったから」

「そうなんですか」

そんなことを話しているうちに電車は目的の駅に着いてしまった。

彼、町井久比古と小澤いづみが通う会社というのは、その頃東洋一の売り場面積を誇ると言われた巨大書店で、〝ない本はない〟をモットーにどんな本でも手に入る書店として広く国内外に紹介されていた。目的の書籍を探すのに階を跨がなくて済むように一フロアを広く取ったり、歩き疲れたら座れるように随所にベンチを配置したり、店内の案内図を配布したりして顧客に対して最大限の便宜が図られていた。また、肝心の品揃えは現在流通しているあらゆる書籍は勿論のこと、地方の出版社の書籍、自費出版の書籍、絶版になった書籍なども陳列されていた。さらに、普段は殆ど目にすることのできない稀覯本までもが陳列されており、連日全国から訪れる人達で賑わっていた。

そんな巨大書店の顔ともいうべき一階に町井はフロア・マネジャーとして、いづみは別館の事務所にそれぞれ勤務していた。だから、二人が顔を合わせることは滅多になかった。それでも、同じ電車に乗り合わせるようになってからは、町井が社員食堂で遅い昼食を摂っていると、あとからいづみがやって来て、「ここ、いいですか」と言って同じテーブルに座ることが時々あった。自然、二人の間は親密さを増していった。

そんなある時、地元のデパートで絵の展覧会が開かれたことがあった。美術の好きな町井は早速一人で出掛けていった。都内の美術館やデパートと違い、比較的空いていたのでゆっくり鑑賞できるのがよかった。それでも、好きな画家の絵をたっぷり堪能して出口から出てくると、図録売り場の辺りはさすがに混んでいて、なかなか近づくことができなかった。展覧会があると町井は必ず図録を購入することにしているので、今回も是非購入したいのだが、思いのほか人がいて簡単にはいきそうもない。それでも、どうにか意を決して足を踏み出した途端、何かが、いや、誰かが突然体当たりをしてきた。二、三歩よろめいた町井が体勢を立て直して相手を確認すると、ほぼ同時に二人は叫んだ。

「あっ」「あっ」

「町井さんじゃありませんか」

「小澤さん？　どうしてここに」

「この展覧会を見に来たんです。好きな画家なので。町井さんもですか」

「うん。僕も絵が好きで、よく見るんだ。それにしても奇遇だね」

「そうですね。あっ、そうだ。怪我はありませんか。急にぶつかったりして済みませんでした」

「うん。大丈夫だよ。ちょっと驚いたけど」

町井は爽やかな笑顔で言った。

「小澤さんも絵が好きなんだ。共通の趣味が見つかったね」

「そうですね。でも、考えてみると、このデパートは私たちにとったら地元だから、奇遇でもないですね」

展覧会が開かれているデパートは、町井の利用駅からは二駅先、いづみのそれからは一駅先なので、確かに彼女の言うように正しく地元だった。

「それもそうだね。ところで、もう見終わったの」

「ええ。見終わって、図録を買おうかと思って見本を見ていたところですけど、買うのをやめました」

「どうして買わなかったの」

「ちょっと値段が…」

「ああ、なるほどね。じゃ、僕は買うから、あとで貸してあげるよ」

「え、いいんですか」

「うん、構わないよ。ちょっと待ってて」

そう言い置いて町井は再び売り場に向かって歩き出した。

「ああ、やっと買えた」

ようやく図録を買って戻ってくると、町井は言った。

「ところで、もし、時間があったら、コーヒーでもどうかな。折角会ったんだから」

「はい、大丈夫です」

いづみは嬉しそうに答えた。町井も心が躍るのを感じた。

それから二人は最上階にある洒落た感じの喫茶室に行った。

「ここはね、夜はお酒が飲めるんだよ」

席に着くと、町井は言った。

「そうなんですか。知りませんでした」

「喫茶店は一階にもあるけど、ここの方が雰囲気がいいと思って」

「そうですね。何となく大人の感じですね」

いづみはそう言って店内を見回した。それからその目を窓外に向けると、

「たまには雨も良いですね」

と独り言のように言った。

「そうだね。落ち着いた感じでいいね」

町井はそう言って日曜午後の駅前を見下ろした。眼下では色とりどりの傘の花が盛んに右往左往していた。

「小澤さんは絵が好きなんだ。僕と同じだね」

町井は視線を戻すと、先ほどの言葉を繰り返した。

「ええ。高校では美術部に入っていました。下手ですけど」

「へえ、美術部に。僕は描く方はからっきし駄目だけど、見るのは大好きでどこへでも出掛けて行っちゃうんだ。銀座の画廊も随分巡ったし、浜松の美術館まで出掛けて行ったこともあるよ。地方は空いてていいよね」

「ほんとに好きなんですね」

いづみは感心して言った。

その後も二人の美術談義はしばらく続いた。そして、気が付けばデパートの閉店時刻が迫っていた。二人は慌ててそこを出て駅へ向かった。町井は、どっちの駅からで

もバスに乗れるからと、いづみに付き合って彼女と同じ駅で降りた。そのあと彼は彼女がバスに乗るのを見届けてから自分のバスを待った。

デパートでの偶然の出会いは町井久比古と小澤いづみの間の距離を間違いなく短縮させた。毎朝の束の間の〝逢瀬〟は相変わらず続いていたし、社員食堂で席を同じくする機会は目に見えて増えていった。それは周りの人間が何となく気づくほどに。

町井の中で小澤いづみという女性の存在がしだいに大きくなり始めた頃、彼を大いに悩ませることになる出来事が出来した。町井がいづみを特別視し始めたとほぼ時を同じくして、彼は重役の一人から食事に招待された。名目上は開店以来フロア・マネジャーとして休みもとらずに頑張ってきたことに対する慰労ということだったが、魂胆は分かっていた。その重役には娘が一人いて、いわゆる適齢期だが未だに独身のため、両親は結婚相手を探すのに血眼になっているという噂だった。町井はうすうす危惧していたものの、実際に誘いを受けると、思ったよりも悩みは深刻だった。誘いを受けてしまったらまずいことになると分かっていたが、断る理由が思いつかなかった。仮にもし、断ることができたとしても、社内での立場が悪くなることは明らかだった。一応、誘いを受けて、事態が進展しそうになったら、実は婚約者がいるからと断ろう、彼はそう考えた。

指定されたホテルへ出向いていくと、案の定、常務は娘を同伴していた。食卓に着くと、お互いに自己紹介した。こちらの素性は既に父親から聞いているはずなので、町井は多くは語らなかった。娘はありふれた顔付きで格別美しいという印象はなかった。年齢は町井より二つ下、いづみより七つ上だった。

ディナーはフランス料理のコースだったが、町井は何を食べても充分に味わえなかった。やがて常務は、用事があるからと、若い二人を残して出て行った。

「町井さんは一つのフロアを担当していらっしゃるのよね。あたしも開店当時、一度行ったことがあるけど、あんな広い売り場を一人で見てらっしゃるなんてすごいわ。どこに何の本があるかなんて全部お分かりになるんでしょ」

父親が行ってしまうと、娘――徳永加奈子という――は急に饒舌になった。僅かばかりのワインがそうさせたのか、いずれにしても、彼女の物言いは金持ちの我が儘娘にありがちのそれで、町井は好きになれなかった。

「流石にあの広さを一人で管理するのは無理ですよ。棚ごとに担当者がいて、発注や返品なども行っています。それでも、どこに何の本があるかは一応把握はしていますけど」

町井は少し厭味ったらしく言った。

「すごいわ。あたしなんか、自分が持ってる服も満足に把握してないのに、ましてや本なんて何千冊もあるんでしょ。尤も、あたし本にはあまり興味がないから、なおさら駄目ね」

これを聞いて、町井はこの女に対する関心が益々薄れていくのを感じた。彼は女性が嗜む読書や本を読む姿といったものに特別の思い入れを持つ類いの人間だった。

「加奈子さんは暇なとき何をされているんですか」

それでも彼は気を取り直して言った。

「そうねえ。お友達とお買い物したり、映画を観たり、お食事したりしてるわ。あ、勿論女友達とよ」

加奈子はわざわざ〝女友達〟を付け加えた。ここで町井はいいことを思いついて、早速実行に移した。

「僕は映画は殆ど見ないですね。映画を見るお金があったら、本を買いますね。それに、外食もしないし、買い物も必要なもの以外は殆どしないですね。本を買うくらいですね」

「それじゃ、町井さんはあまり外に出ないで本ばかり読んでらっしゃるのね」

加奈子はつまらなそうに言った。

「そんなことないですよ。僕は絵が好きで、この間も女性と展覧会に行きました。今度また一緒に行くことになってるんです」

〝女性〟と聞いて加奈子の眉が少し動いたようだが、そこを避けるように言った。

「絵がお好きなのね。あたしは絵もだめだわ」

町井は作戦が功を奏してきたのを確認して駄目を押すつもりで言い放った。

「まあ、人それぞれですからね。気の合った人同士で行動すればいいんじゃないですか。わざわざ合わせることもないですよ」

そのあと、当然のことながら会話は途切れがちになり、もう遅いからと言って、町井は敢えて家まで送らずにホテルの前で加奈子を見送った。自分はこれから電車に揺られて家路につかなければならないが、彼女は都内の一等地に居住しており、しかもホテルからは遠くないので構わないだろうという意識も働いたからだった。

町井が自分に対する小澤いづみの感情を確認したのは、社員食堂で同じテーブルについて食事をしているときだった。たまたま転勤のことが話題になったとき――二人が通う書店は国内に何店舗か支店があった――いづみはうろたえたような、途方に暮れたような、何とも名状し難い表情になって言った。

「もし転勤があるような時はすぐに知らせてくださいね」

「うん、知らせるよ」

いづみの思いつめたような目を前にして、町井に言えることはそれが精一杯だった。

――この娘は間違いなく自分に思いを寄せている。急がなくては。それにしても、自分が転勤したらついてくるつもりなのだろうか。

そう思うと、町井は小澤いづみが堪らなく愛しく思えてくるのだった。

加奈子から突然電話があったのは、ホテルで食事をしてから十日ほど経った頃だった。作戦がうまくいったと思い込んでいた町井はがっかりした。わざと嫌われようと冷たくあしらったのに、加奈子という女はどうも一筋縄ではいかないようだ。彼女は何と一緒に絵を見に行こうと誘ってきたのだ。絵は苦手だと言っていたはずなのに。しかも、最近オープンしたばかりの高原の美術館に行こうと言ってきた。加奈子が指定してきた日は運悪く休日にあたっていた。最初、町井は断ろうと思ったが、その美術館はいつか行ってみたいと思っていたし、何よりも加奈子に自分の気持ちをはっきり伝えようという思いもあったので、誘いに応じることにした。

約束の日の朝、町井は言われた通り、東京駅の駅頭で待っていると、一台の真っ赤なオープンカーが騒音とともに近付いてきて彼の前で止まった。運転していたのは加奈子だった。

「ごめんなさい。遅れちゃった。さあ、乗って」

呆気にとられている町井を尻目に、彼女は早く乗るように彼を促した。

「車で行くんですか」

彼女の右隣に座りながら彼は言った。

「そうよ。今日は梅雨の晴れ間で絶好のドライヴ日和だわ」

えらい勢いで車を発進させながら加奈子は言った。それにしても、初めてオープンカーに乗った町井は全身に感じる風は快かったが、街中を走るときは周囲の視線が気になって恥ずかしい思いで一杯だった。

やがて車は都会を後にして爽快な速度で走り続け、二時間後にはとある高原の林道を走っていた。加奈子の運転は思いの外丁寧だった。だが、高速をオープンカーで走行する際の風圧にはいささか閉口した。

「素敵なところね」

慣れた動作で美術館の駐車スペースに車を止めると、加奈子は言った。

「そうですね。僕も一度来たいと思っていたんです」

町井はそう言うと軽く咳払いをした。先程まで風圧に負けじと声を張り上げて喋っていたので、何となく喉の調子が良くなかった。

「ところで、町井さんはラファエル前派ではどの画家がお好きなのかしら」

町井は加奈子の口から〝ラファエル前派〟という言葉が出てきたことに内心驚いた。絵には興味がないと言っておきながら、あまり一般的でないこの言葉を知っているとは。さらに、それを見に自分を誘い出すなんて。現在、この美術館ではオープン記念として大々的に『ラファエル前派』展を開催しているが、加奈子は何かでそれを知ったのだろう。町井は加奈子がどの程度知っているか試してみたくなった。

「そうですね、ありきたりだけど、ロセッティとかミレイが好きですね」

「ミレイって『オフィーリア』を描いた人ね」

「よくご存知ですね」

町井は平静を装って言ったが、少なからず驚いた。

「町井さんが絵が好きだというから、少し調べてみたの。そしたら、割ときれいな絵が多くて気に入ったみたい。さ、入りましょう」

そう言うと加奈子は先に立って入口に向かって歩き出した。

館内には町井にとって馴染みのあるラファエル前派の画家たちの作品が所狭しと陳列されていた。新規オープンというので、それなりに混雑していたが、それでも都内で見るよりはずっとゆっくり見ることができた。

「きれいな絵がたくさんあったわね。あたし、ラファエル前派、好きかもしれないわ」

見終わった後、併設のレストランで食後のコーヒーをかきまぜながら加奈子が言った。

「それは良かった。絵が好きな人が一人でも増えたら僕も嬉しいですね」

町井は本心から言った。

「今度また展覧会があったら、一緒に行きたいわ」

「そうですね」

町井は曖昧な返事をした。今日ははっきり言ってやろうと思っていたのに、行きがかり上言い出しにくくなってしまった。やはり、この女、一筋縄ではいかないな。彼はそう感じずにはいられなかった。

そのあと二人は近くにある小さな湖に寄った後、帰途に就いた。帰りは空が曇ってきたので、車は幌を掛けて走行した。町井は晒し者にならずに済んでほっと安堵した。

朝と同様、東京駅で町井を降ろすと、加奈子は再び幌を上げ、長い髪を風に靡かせて颯爽と走り去っていった。帰りの車中で町井はつらつら考えた。

――初対面の際の加奈子の印象は態度も物言いもお嬢様然として、こちらを見下しているようで気に入らなかったが、今日の加奈子は少し違っていた。全く興味がなかった絵画についてあれだけ知っているということは、かなり勉強したに違いない。つまり、重役の娘というプライドを捨てて、こちらに歩み寄ったのだ。それほど彼女は本気だということだ。早く何とかしないと、取り返しのつかないことになる。

町井は魚を捕らえる魞《えり》の中へ自分がじわじわと誘導されつつあるのを感じた。

その後、町井は自らの企画によるブックフェアの準備に忙殺され、いづみと会う機会はほとんど無くなってしまった。出勤時間も早まったし、昼食の時間も不規則になり、食堂で顔を合わせることも無かった。

そんなある日、町井は徳永常務に呼ばれた。しまった、と彼は思ったが、もう遅かった。先方の手回しの早さに感心するしかなかった。

「君の企画フェアの準備は順調にいってるようだね」

町井にソファを勧めながら常務は言った。

「はい。お蔭様で商品も全て納品されましたので、あとは前日の陳列だけです」

「ああ、そう。ところで、先日は加奈子がお世話になったね」

そら来た。町井は用心しながら語を継いだ。

「いいえ。こちらこそ、加奈子さんには運転をしていただいて申し訳ありませんでした」

「いや、いいんだよ。あれは運転が大好きでどこへでも一人で出掛けてしまうんだ。ところで」

と、急に改まった様子で常務は続けた。

「加奈子をどう思うかね」

「どうとおっしゃいますと？」

町井はしらばっくれた。

「いや、どうもあれは君のことを気に入ったようなんだ」

町井が返答に窮していると、常務は重ねて言った。

「単刀直入に言おう。君に加奈子の婿になって欲しいんだ。何しろ一人娘だもので。どうだろう」

「いいえ、急にそうおっしゃられても」

「誰か他に好きな人でもいるのかね」

「はい。実はおります」

「小澤いづみのことかね」

「えっ」

町井は突然いづみの名が出てきて驚いた。

「悪いが、調べさせてもらったよ。勿論君のこともね。調査報告によれば、君は片親ではあるが、うちの婿として申し分ないし、彼女にしても別に深い仲ではなさそうだし、問題ないと思うが。まあ、とにかく前向きに考えてみてくれたまえ。悪いようにはしないから」

言いたいことを言ってしまうと、常務は約束があるからと言って、町井を退出させた。

町井は自分の部署に戻って考えた。興信所を雇って自分たちのことを調べさせたことに多少憤りを覚えたが、むしろいづみと自分とのこれからのことを思うと下腹が重くなるような不安を感じた。確かに彼女の気持ちを確かめこそしていないが、今のところ二人の仲は順調にいっていると思う。だから、これからも大事に事を運んでいきたいと思っていた矢先、急に結婚のことを持ち出されて、町井はどうしたらいいか分からなくなってしまった。常務の申し出を受け入れれば、確かに悪いようにはしないだろう。会社での待遇は約束されるだろう。それに母の面倒も見やすくなる。だが、逆に断りでもしたら、何一ついいことはないだろう。おそらく地方の支店に異動になるだろうし、そうなれば世界一の書店で働くという長年の夢が叶えられなくなる。いづみにしたって、田舎に飛ばされた自分には愛想を尽かすだろうし、母親とも離れて暮らさなくてはならない。

万事休すだった。町井は決心した。

小雨模様で猛暑が一段落した、ある夏の日、二人はお互いに行きたかった郊外の美術館に出掛けた。町井はこれが最後のつもりだった。いづみはそんなこととはつゆ知らず、車中でも道を行く時も道中ずっと楽しそうにしていた。その様子を見るにつけ、町井は胸が痛んだ。そして、なかなか言い出せないまま、とうとう帰る時間になってしまった。電車が都心に近付くにしたがって、彼の心はしだいに重くなっていった。

やがて郊外電車がターミナル駅に着くと、町井はいづみを夕食に誘った。どこか疲れた様子の町井に比べ、いづみは若さに相応しく終始屈託がなく溌剌としていた。できることなら、この娘と生きていきたいと切に思う。だが、このあとこの表情を曇らせるようなことを告げなければならないと思うと、町井は憂鬱でならなかった。

「腹ごなしに少し歩こうか」

店を出ると、町井は言った。そして、駅前の大きな歩道橋の上までいづみを導いた。

「今日は楽しかった？」

歩道橋の中ほどまで来ると、彼は欄干に凭れて彼女の顔を見ずに尋ねた。

「とっても。町井さんは？」

いづみは快活に答えた。

「僕もだよ」

そう言ってから彼はしばし口をつぐんで、眼下を行き交う車のライトを眺めた。そして、尚もしばらくそうしていたが、やがて意を決したように今度は彼女の目を見て言った。

「いづみ君。僕のことどう思う？」

「お兄さんみたいに、優しくて頼りがいがあるって」

いづみはほんの少し間をおいたが、町井の言葉を告白と解したらしく、素直に答えた。彼女は〝お兄さん〟と言ったが、それ以上の感情を抱いていることは彼女の目を見れば明らかだった。

「そう」

それだけ言うと、彼はまた車の列に目をやった。彼女が次にどんな言葉を期待しているかが痛いほど感じられた。それでも、やや逡巡したあとで彼はきっぱりと言った。

「実はね、僕には決まった人がいるんだよ」

全てを察した彼女の大きな瞳が彼を見上げていた。彼はその目を避けるように空を見上げた。いつの間にか雨が上がった空にはたくさんの星が瞬いていた。

「随分悩んだよ」

彼は上を向いたまま言った。

「そうか。悩んでくれたんだ」

いづみは独り言のように呟いた。

「残念だけど、これからはお兄さんとしてしか話し相手になってあげられない」

そう言ってから、町井は心の動揺を隠すように続けた。

「星が一杯だね。あの光は何万年、何億年もかけて今僕たちの目に届いているんだね。随分と悠遠な話だよね。それに比べたら、僕たちの問題なんてちっぽけだね」

後になって町井はどうして自分はあの時あんな気障なことを言ったのか不思議に思った。きっと動揺していたせいだろうと思ったが、この時いづみが小さな声で「ちっぽけ…」と呟いたことに彼は気付かなかった。

その後二人は乗り慣れた電車で帰途に就いたが、当然のことながら会話は途絶えがちだった。朝とは打って変わった表情のいづみを見るにつけ、町井は罪悪感を感じた。彼女を一人にするのに忍びなかった彼は彼女の駅で一緒に降りると、タクシーで家まで送っていった。別れ際にいづみは気丈にも、「これからはお兄さんとして相談に乗ってください」と言って車を降りた。家に帰ると、町井は今更ながら、ほんとうにこれで良かったのだろうかと無意味な考えに耽った。

それから暫くの間、町井にとって憂鬱な日々が続いた。小澤いづみとはほとんど顔を合わせることはなかった。彼女はいつもの電車に姿を見せることはなかったし、食堂で見かけても同席することはなかった。彼を避けていることは明らかだった。覚悟はしていたものの、町井は辛かった。そして、自分の目の前に同時に二人の女性を登場させた運命を密かに呪った。

一方、それとは裏腹に、仕事の方は順調そのものだった。自らの企画によるブックフェアは大成功だったし、懸案だったカフェの開設も町井の意見を取り入れて実現する運びとなった。マスコミに取り上げられる機会も増え、店は益々有名になり、海外からも視察に訪れるほどだった。

それにつれて、彼の〝縁談〟も着実に進捗した。彼はもう運命に逆らうことをやめた。町井は加奈子の家にしばしば夕食に招かれた。

「この子は一人っ子なので、我が儘なところもありますけど、遠慮なく叱ってやってくださいね。それでも、花嫁修業だけはしっかりやってますのよ」

母親はそう言って娘を売り込むことも忘れなかったが、その言葉に嘘はなかった。加奈子が作る手料理は和食も洋食もどれも美味かった。彼女の外見からは想像もできないが、繊細で几帳面な一面もあることが明らかになった。町井は加奈子をちょっと見直した。

そんな風にして加奈子と町井の間は彼らの思惑通り進んでいった。そして、暮れも押し迫った十二月のある日、徳永家と町井家の結納の儀が執り行われた。町井は自分が完全に罠に取り込まれたことを実感した。

その年のクリスマスの日をもって小澤いづみは会社を退職した。年内に決着をつけたかったのだろう。町井は一抹の罪悪感は感じたものの、反面、悩み事が一つ減ったという安堵感をも感じていた。

年が明けると、町井は公私様々なことに文字通り忙殺された。毎日を乗り越えるのが精一杯で後ろを振り返る余裕などなかった。新しい企画を考えなければならなかったし、一方で、結婚の準備も進めなければならなかった。結果、小澤いづみは益々遠い存在となっていった。

その年の春、町井と加奈子の結婚式が都内の有名な式場で大々的に執り行われた。披露宴には財界の著名人も招かれており、ただでさえ新婦側よりもはるかに少ない招待客に引け目を感じていた町井はなおさら肩身が狭かった。披露宴の間中、彼は早く終わって欲しいと思っていた。

式後、十日間のヨーロッパ旅行のあと、都内の新居での生活が始まった。加奈子は意外にも炊事、洗濯、掃除をすべてこなし、町井——今は姓が変わって徳永だが——を支えてくれた。さらに、通勤時間も短縮されたので、彼は心置きなく仕事に取り組むことができた。また、彼はフロア・マネジャーといっても正式な肩書ではなかったが、今回実績を買われて課長に就任した。加奈子もそれを喜んで一層彼を励ますのだった。

一見平穏無事に見えた結婚生活は些細なことから綻びを生じていった。久比古はイベントの準備などでたまに休日出勤をすることがあったが、ある時、やはり準備のため出掛けて行った。ところが、たまたまその日は日時を間違えて違う日に出掛けてしまった。それでも、せっかく出てきたのだから、マーケット・リサーチをしようと、他の書店やデパートを見学することにした。そして、いつも通り帰宅すると、加奈子は待ち構えたように言った。

「今日はどこにいらしたの。ちょっと用があってお店に電話したら、誰も出なかったわ」

「実は今日じゃなかったんだよ。日にちを間違えた。せっかくだから他の書店を見てきたんだ」

「ふーん」

その日はそれだけだったが、加奈子はどこか不満そうだった。

それから一、二週間経った頃、二人が家にいた時、電話が鳴った。久比古が出て二言三言話して電話を切った。その様子を見ていた加奈子が言った。

「誰からだったの」

「間違い電話だったよ」

「あら、そう」

加奈子はそう言ったが、今度もそれきりだった。

そして、結婚から三か月ほど経った頃、やはり二人が在宅時に電話がかかってきた。今度は加奈子が受話器を取った。電話は無言電話だった。加奈子は暫く受話器を耳に当て続けたあとで受話器を置いた。そのあとでおもむろに言った。

「ねえ、あなた。あたしに何か隠してない？」

「別に何も隠してないけど。なんで？」

「だって、変じゃない、今の無言電話。この前もあったでしょ」

「この間のは間違い電話だよ。何が言いたいの。はっきり言ってよ」

「じゃ、言うけど、この前の休日出勤といい、最近の電話といい、何かおかしいわ」

「おかしかないよ。日にちを間違えたり、いたずら電話だって時にはあるだろ」

「誰かと会ってるんでしょ」

加奈子は取り合わずに極めつけた。

「会ってないよ」

「あの小澤いづみって娘ね」

久比古は久し振りにいづみの名前を聞いて一瞬どきっとしたが、落ち着いて答えた。

「あの人とは何でもなかったよ。調べたんだろうから知ってるだろう」

「お願いだから、あの娘のことは忘れて」

加奈子は一転して下手に出た。

「だから、何でもないと言ってるだろ。邪推もいいところだ。もういい」

そう言い捨てて久比古は自室に閉じこもってしまった。彼はなぜ加奈子が今まで縁遠かったのかようやく合点がいった気がした。

それからというもの、二人の新婚生活には異変が生じ始めた。加奈子はあれほど小まめにしていた家事に関して手を抜くようになった。食事は出来合いのものが多くなったし、久比古が出勤するまで起きてこないので、彼は自分で朝食の支度をしなければならなかった。また、洗濯物も溜まりがちだった。さらに、掃除もしないのであちこちに埃が目立ったりした。加奈子の手抜きは日ごとにひどくなっていった。勢い、家事は彼の仕事になった。平日は帰宅後、部屋の片づけをしたり、食事の支度をしたりしなければならなかったし、休日は溜まった洗濯物を処理しなくてはならなかった。

そんな生活が二月近く続いた。加奈子は相変わらず何もせず、暗い部屋に閉じこもることが多くなった。久比古の忍耐は限界を迎えた。加奈子の母親に事情を説明し、自分は新居のマンションを出て、しばらく実家に帰ることにした。実家の母親は加奈子のことをとても心配したが、久し振りに息子と生活できて嬉しそうにも見えた。久比古もようやくほっと一息つけて心が休まるのを感じた。

しかし、そんな束の間の日々の平穏は思いもよらぬかたちで破られた。加奈子が自殺を図ったのだ。彼女に付き添っていた母親がちょっと外出した隙に首をくくったのだ。幸い発見が早かったので、命は取り留めたが、意識はなかった。さらに悪いことに、加奈子は妊娠していた。胎児の酸欠が懸念されたので、緊急手術が行われた。こちらも命は取り留めたが、未熟児としての処置が必要だった。

知らせを聞いて病院に駆け付けた久比古に、先に来ていた常務が詰め寄った。

「なぜこんなことになったんだね、久比古君」

「僕が浮気をしていると思い込んでいるんです。全くの誤解なんです」

「間違いないだろうね。確かにこの子はやきもちやきのところはあるが…。とにかく今は二人の命の方が先決だ。あとは頼むぞ」

妻に向かってそう言い残し、義父は赤ん坊の様子を見に行った。

「ごめんなさいね。久比古さんには苦労掛けるわね。この子は昔から一途なところがあるの」

義母はそう言って目の前に無言のまま横たわっている娘に目をやった。久比古は何と答えたらいいか分からないので、黙って無残な姿の加奈子を見つめた。彼女は生命維持装置に囲まれていた。無機的な音が一層事態を深刻化しているように思われた。長い戦いになりそうだった。

一方、早産で誕生した長男は、幸いにも危機を脱したようだった。人工保育器の中で懸命に生きようとしている姿に久比古は涙を禁じ得なかった。それは、初めて父親になったこととの感激と、小さな体に大きな負担を強いたことへの謝罪の気持ちと、こんな状況に陥ってしまったことに対する悔恨とがない交ぜになった涙だった。

その後、一週間経っても加奈子の意識は戻らなかったが、長男の方は健気にも少しずつ成長していった。最初久比古は休暇をもらい、加奈子に付き添ったが、加奈子の母親と久比古の母親も交替で付き添った。

そして、一月たったが、加奈子は相変わらずだった。所謂植物状態で、指一本動かすことはなかった。久比古は流石に少し疲れてきた。今や息子の成長だけが唯一の希望だった。やがてその息子が無事退院を迎えた。久比古は育児に専念するために会社を辞めた。悲しかったが、そんな気分に浸っている余裕はなかった。息子はすくすくと育っていった。加奈子の実家の人たちが病院に姿を見せる頻度はしだいに低くなっていった。

加奈子の様子に変化がないまま、さらに一月、二月と過ぎていき、とうとう彼女の自殺未遂から一年が経った。実家の人たちは殆ど病院に来なくなったが、加奈子の生命維持に必要な莫大な費用の負担だけは続けてくれていた。久比古の唯一の希望の長男は今ではすっかり大きくなって、元気に保育園に通っていた。それとは対照的に一年間の心労は肉体的・精神的な若さを久比古から奪っていた。彼の外見はどう見ても三十代には見えなかった。それでも、息子の成長を励みに何とか毎日を過ごしていた。

——あの時、あの娘を選んでさえいれば……。

激しい悔恨の情が久比古を容赦なく苛んだ。小澤いづみとの楽しい思い出が彼の頭の中を駆け巡った。すると、鏡の中の男の目から大粒の涙が幾筋も流れ落ちた。

加奈子の所に戻ると、久比古はもう一度、生命維持装置に囲まれて横たわる彼女の姿をじっと見下ろした。それから、おもむろに身を屈めて壁のコンセントに挿したプラグに手を伸ばしかけた。と、そのとき、

「ママ、ねんね」

隣のベッドで絵本を見ていた息子がこちらを見て言った。

「えっ、なに？」

「ママ、ねんね」

息子はまた言った。

「そうだよ。ママはまだねんねしてるんだよ。おかしいね」

「ママ、ねんね？」

「うん。でも、いいこにしてたら、きっとめをさましていっしょにあそんでくれるからね」

そう言うと、彼は息子を抱き上げて窓辺に行った。

「だから、もうすこしまってね。わかった?」

「うん」

「ほら、ここはすずしいだろう」

開け放った窓から九月のそよ風がかすかに蜩の声を運んできた。

逃げ水

むかし、ある海沿いの村にひとりの娘が両親といっしょに住んでおりました。娘の名はサチといいました。サチの父親は網元で、この辺りの長者でした。ですから、サチは何不自由なく、幸せに暮らしておりました。

ある日、不思議な生き物が一人の漁師の網にかかりました。それはすでに死んでおりましたが、上半身は人間の若い女性で、下半身は魚でした。それはまた、とてもかぐわしい匂いがしました。漁師は気味が悪いので、それをほかの漁師たちに見せました。

――これは人魚だな。

――なんていい匂いだろう。

――食ってしまおうか。

――人魚の肉を食うと、不老不死になるというぞ。

――ほんとうか。それじゃ、食ってみようぜ。

漁師たちは口々に言いました。が、人間の顔を見てしまうと、さすがに食べる気にはなれず、だれも手を付けるものはおりませんでした。そこで、しかたなく、漁師たちは人魚を九つに切り分けて、それぞれ紙に包んで各自持ち帰ることにしました。サチの父親もそのようにしました。

父親は家に帰ると、だれにも見つからないようにと、台所の棚のいちばん上の段に人魚の肉を隠しました。ところが、人魚の肉はとても良い匂いがするので、サチは簡単に紙包みを見つけてしまいました。そして、恐る恐る包みを開けてみました。すると、中からとても良い匂いのする肉が出てきました。サチは、何の肉だろう、どんな味がするのだろうと思いつつも、はじめはためらっておりましたが、あまりにも良い匂いがするのでたまらず、一切れくらいならと思い、つまんで口に入れてみました。すると、その美味しさにサチは舌がとろけそうになりました。

一切れだけと思ったサチですが、おいしさの誘惑に負けて、一切れ、また一切れと、とうとうみんな食べてしまいました。

――どうしよう。お父さんに叱られる。

サチはそう思いましたが、食べてしまったものは仕方がありません。それで、このことはだれにも言わないことにしました。

その後、数日たっても、忘れてしまったのか、父親は何も言いませんでしたので、サチも安心して、しだいにそのことを忘れてしまいました。

それから数年がたって、サチは年頃になりました。サチはもともと村でもいちばんの器量よしだったのですが、あのことがあってからは一段と美しさが増したようでした。それで村中の若者たちがサチに言い寄りました。そして、ある年の冬、サチは村のもうひとりの長者の息子と結婚しました。

その後、夫婦はとても幸せに暮らしました。三人の子宝にも恵まれ、それぞれがすくすくと元気に育ちました。

ところが、そのうちに夫は不思議なことに気が付きました。結婚から十年以上がたち、子供たちも随分と大きくなって、自分もそれなりに齢を取ったのですが、妻の様子は以前と少しも変わらず、娘のままなのでした。長女と変わらぬ若さの妻を見て、夫は内心、気味悪く思いましたが、昔同様よく尽くしてくれる妻に感謝し、妻の若さと美しさを愛し続けました。

それからまた、十年の月日が流れました。子供たちはみな成人し、家を出ていきました。そして、夫はさらに年を重ねましたが、妻は相変わらず以前のまま若く、美しい娘のままでした。夫はさすがに不審に思い、

――おまえはどうして齢を取らないのだ。

と尋ねましたが、もとより、サチにもわかろうはずもなく、

――わたしにもわかりません。

と、小声で答えるしかありませんでした。

夫は気味が悪くてしかたがありませんでしたが、妻の若さと美しさに負けて、それ以上何も言うことができませんでした。

それからまた、十年がすぎました。夫は、もうずいぶん年を取りました。が、妻はやはり娘のままでした。夫はとうとう我慢できなくなり、サチを家から追い出してしまいました。


家を追い出されたサチはしかたなく――両親はとうに亡くなっていました――住むところを求めて村を出ました。そして、隣村に嫁いだ長女のところへ行きました。長女は自分の娘よりも若い母親を見ると、気味悪がって追い返してしまいました。

しかたなくサチは別の村に嫁いだ次女のところへ行きました。すると、次女はやはり気味悪がって長女同様、母を追い返してしまいました。

しかたなくサチはさらに別の村に嫁いだ三女のところへ行きました。気立てのよい三女は母の話を聞くと、とても気の毒がって、母を中へ招き入れました。そして、夫を説得して母を家においてあげることにしました。

サチはとても感謝して、かいがいしく家事の手伝いに精を出しました。ところが、しばらくすると、三女の夫の、サチを見る目つきが変わってきました。サチの若さと美しさに目が眩んだのでした。それに気づいた三女は、怒って母を追い出してしまいました。

行き場をなくしたサチは、泣きながら海沿いをどこまでも歩いて行きました。そして、何も食べず、何も飲まずに幾日も歩き続けたサチはとうとう力尽きて倒れてしまいました。

サチが目を覚ましたのは、小さな部屋の中でした。薄い布団に寝かされており、傍らには盆にのった握り飯が置いてありました。寝たまま首だけ動かして周りを見回すと、部屋には囲炉裏がきってあり、鍋が火にかかっていました。良い匂いがして、サチは急に空腹を覚えました。

そのとき、突然戸が開きました。戸口には一人の男が立っておりました。男の背後には、外の景色が見えました。部屋だと思ったのは、小屋だったことがわかりました。

男は後ろ手に入口の戸を閉めると、おもむろに炉端にいき、鍋の蓋をとってしゃもじでかきまぜながら、気分はどうかと尋ねました。そして、椀に汁をとってサチの枕もとまで運んできました。良い匂いがサチの鼻腔をつきました。

——気分はどうだ。

男はもう一度尋ねました。サチは答える代わりに横目でじっと男を見つめました。その眼はいろんな問いを含んでいるようでした。男は顔中ひげだらけでしたが、その中で目だけが優しく光っていました。

——少し食べてごらん。

男はそう言うと、椀を手に取り、匙で汁をすくってサチの口元に近づけました。サチは男を見つめたまま、素直に口を少し開きました。男はそっと口に汁を流し込みました。それから、二匙、三匙と続けて汁を飲ませるにつれて、サチの顔に生気がよみがえりました。サチは自らも人心地がつき、体の中から力がみなぎってくるのを感じました。すると、サチの目尻から涙がひとすじこぼれ落ちました。

サチは日に日に快方に向かいました。やがて、ふつうのご飯が食べられるようになると、サチは起き上がって外に出てみました。男の小屋は海からも山からも遠くないところにありました。小屋のそばには畑もあって、いろんな野菜が育っていました。畑の向うにはさまざまな果物の木も見えました。男は海で魚を捕ったり、山でけものを捕まえたりして、独りで暮らしているようでした。

男はとても無口で、余分なことは言いませんでした。サチの素性についても、行き倒れになったわけも、年齢さえも何も尋ねませんでした。また、よくなったら出ていくようにとも言いませんでした。ですから、サチはすっかり元気になると、小屋のそうじをしたり、薪を割ったり、着物の繕いをしたりして男の仕事を手伝いました。

そんな暮らしが一週間、ひと月、半年と続きました。そして、サチが男に助けられてから、ちょうど一年が過ぎました。この頃では、サチはもうすっかり男との暮らしに馴染んでしまっていました。男の方でもサチを受け容れているようで、二人で畑を耕し、二人で山菜を採り、二人で魚を捕りました。サチは静かで、質素な今の暮らしに満足し、幸せを感じていました。

サチのそんな気持ちを知ってか知らずか、あるとき男はぽつりと言いました。

――おれの嫁になれ。

サチは一瞬、何も言えませんでした。愛する夫と子供に捨てられるという、自らの辛くて、惨めな過去を思い出したからです。再び悲しい思いをするのではないかと、それがとても不安でした。けれども、サチは男の申し出を断ることができませんでした。そうするには、今の暮らしは幸せすぎたのです。優しく見つめる男に、サチは黙って頷くしかありませんでした。

こうして、男の妻としての日々が始まりました。男は今まで以上にサチを大切にしてくれました。そのうちに子供が生まれました。女の子です。夫はとても喜んでくれました。そして、妻と子供の二人をより一層大切にしました。サチの幸せな日々は続きました。

けれども、子供がすくすくと成長するにつれて、再び、サチの不安が頭をもたげ始めました。

——何年経っても年を取らないままの妻を見て、夫はどう思うだろうか。そして、自分と同じ若さの母親を見て、娘はどう思うだろうか。二人は自分を捨てるのではないだろうか。

サチはそれが心配で心配でなりませんでした。

やがて、娘は年頃になりました。ちょうどサチが最初に嫁に行った年頃です。程なく娘は近くの村に嫁いでいきました。家を去る時、娘は両親に、とりわけ、自分と同じくらい若い母親に、今まで育ててくれたことに対する感謝の言葉を述べました。サチの両目からは大粒の涙がいくつもこぼれ落ちました。

こうして再び男と二人だけの暮らしが始まりました。が、男はもう以前ほど若くはありませんでした。知らない人が見たら、きっと二人は夫婦ではなく、親子に見えたことでしょう。男は若いままの妻を以前にも増して大切にしてくれました。サチの方でも年老いてゆく夫をいたわり続けました。そうして時は静かに過ぎてゆきました。

そして、サチが男と別れなければならない時が近づいてきました。男は年々衰えていき、家の仕事はみんなサチがやらなければならないようになりました。ついに寝たきりになった男は絶え絶えの息の下で、サチに感謝の言葉を述べました。やがて男は静かに息を引き取りました。サチの目からは止めどなく涙がこぼれました。サチの嗚咽の声は一晩中続きました。

翌日、サチは半日かけて男の墓を作りました。そして、たくさんの花とさまざまな食べ物を供えて、男をねんごろに弔いました。泣くだけ泣いたサチは、もう悲しむことはしませんでした。そして、愛する者を次々と失いゆく自らの運命を受け容れる決心をしました。

――人を愛するのはやめよう。家族をもつのはやめにしよう。

そう心に誓うと、サチは身の回りの整理をして、長年慣れ親しんだ小屋をあとにしました。

サチは前と同じように海沿いをどこまでも歩いて行きました。けれども、今度は空腹で倒れるようなことはありませんでした。男から魚の捕り方や食べられる木の実や茸のこと、そして火の起こし方や水を得る方法などを教わっていたからです。サチは岩場の洞穴や誰も使わなくなった小屋を仮の住まいとしました。けれども、サチは人と接することを避けました。人の姿を認めると、その場を去って、他の場所を探しました。

そんなふうにしてサチは時を過ごしていきましたが、ある時、海辺の民と山の民との間で争いが起こりました。争いはしだいに大きくなり、サチのいる小屋のすぐ近くまで人たちがやって来るようになりました。怖くなったサチは小屋を出ることにしました。

サチは身の回りの物だけを持って、それまで入ったことのない山に向かいました。初めて足を踏み入れた山の森は恐ろしいものだらけでした。昼のうちは猪や熊に見つからないように辺りに気を配り、ゆっくりと歩かなければなりませんでした。でも、そうすると、人の気配を感じ取った山ビルが木の上からぼたぼたと落ちてきて、血を求めて襲いかかるのでした。ヒルはサチが最も嫌いな生き物でした。そして、夜は夜で、あちこちから気味の悪い鳴き声が聞こえてきました。暗闇から二つの光がじっとこちらを窺っていることも幾度となくありました。サチは危険な夜はできるだけ歩かないようにして、木の上に登ったり、洞の中でじっと身を潜めたりして明るくなるのを待ちました。さらに悪いことには、小屋を出るときに持ってきた僅かばかりの食べ物と水は程なく尽きてしまいました。慣れない森の中で食べ物を探すのはとても困難でしたが、見たこともない木の実や果実を食べてサチは何とか飢えをしのぎました。

ところが、どんなに進んでも気味の悪い森は出口が見えることはありませんでした。そればかりか、見覚えのある場所を何度も通り過ぎました。どうやら道に迷って、同じ所をぐるぐると回っていたようでした。それに気づいたサチは思い切って、進もうとしていたのとは違う方に進んでみました。

しばらくすると、辺りの景色が何となく違ってきたように感じました。そこで、さらに進んでみました。すると、はるか遠くに森の出口らしいものが見えました。薄暗い森に僅かに光が当たっているようでした。サチはもう疲れ果てていましたが、最後の勇気を振り絞って歩を速めました。進むにつれて森はしだいに明るくなっていきました。そして、ついに森の出口に辿り着きました。久し振りに浴びる日の光にサチは目を細めました。そこは急に森が拓けて丈の低い草が生い茂っていました。よく見ると、周りにはいくつも木の切り株がありました。近くに誰かが住んでいるに違いありません。それを頼りにサチは痛む足を引きずって草原を歩き続けました。そして、向うの山のかげに日が隠れる頃、サチは遠くの小高い丘の上に一軒の家を認めました。サチはあまりの嬉しさと安堵のため気が遠くなって、とうとうその場に倒れ込んでしまいました。

太い梁が見えてきました。サチが目を覚ましたのは大きな部屋の片隅でした。サチは薄い布団に寝かされていました。半身を起こして見ると、同じような布団が十ほど敷いてあり、その幾つかに人が寝かされておりました。

——気分はどうかな。

少し離れたところで、病人の具合を見るように身を屈めていた人が、サチの気配に気づいてか、振り向いて声を掛けました。

——森の出口に倒れていたのをここまで運んできたんじゃ。見たところ、けがもしてないし、病気でもなさそうじゃから、よほど疲れていたんじゃろ。

そう言うとその人は部屋の中ほどにある囲炉裏に行き、椀に雑炊をよそうとサチの寝床まで運んでくれました。よく見ると、その人は僧形をしておりました。

——食べられるようなら食べてごらん。力がつくよ。

——ありがとう。

サチは僧から椀を受け取ると、小さく礼を言って雑炊を食べ始めました。久し振りに食べるまともな食事は文字通りサチを生き返らせました。一匙ごとに力がついていくのが自分でもよくわかりました。

——ここはおまえさんみたいな行き倒れや戦で親を亡くした子供たちや病気や怪我で働けない連中が集まって、互いに面倒を見合って生きている所なんじゃ。

サチが食べ続けるのを眺めながら、僧は問わず語りに言いました。

——儂も今でこそただの乞食坊主じゃが、もとはある寺の住職をしておった。それがあるとき戦の巻き添えで寺を焼かれてしもうたんじゃ。村の衆も多く焼け出された。命を落とした者も多くおった。それで、残った者たちが力を合わせてこの小屋を建てたんじゃ。今まで多くの者たちがここにやって来てはここを出ていった。中にはここに残って病人やみなしごたちの世話をする者も何人かおった。

そう言うと、僧は少し離れたところで病人の世話をしていた娘を目で示しました。

——おまえさんも良くなったら、出て行くなり残るなり好きにするといいさ。幸いここには粗末じゃが、生きていけるだけの食べ物はあるでな。もっとも、残るからには働いてもらうがの。

ひと月後、すっかり元気になったサチは僧のもとで病人や子供たちの世話をしておりました。これまでは自分が生きていくことで精一杯でしたが、今は人を生かすために一生懸命になっておりました。サチはかつてないほどの生き甲斐を感じておりました。他の何人かの娘たちに交じって、来る日も来る日も忙しなく人たちの面倒を見たり、洗い物をしたり、食事の支度をしたりするのはサチにとって大きな喜びでした。

娘たちの中に、サチが特に親しくしていたルイという名の娘がおりました。齢は見た目のサチと同じくらいの十五、六でした。ある時、サチとルイは洗い物を持って近くの小川に行きました。しばらくは他愛もないことを話しながら洗い物をしておりましたが、ふと手を止めると、サチが言いました。

——ねえ、ルイ。あんたはあたしが今までにあった人の中でいちばんいい人だわ。だから、あんたにどうしても聞いてほしいことがあるの。

——ふーん。どんなこと。

洗い物の手を止めずに、ルイは飄々として答えました。

——あのね、あたしね、年を取らないの。

——どういうこと。

——年を取らないのよ。いつまでもこのままなの。

——ずっと今のままのサチだということ。

ルイは手を止めてサチを見ました。

——そうよ。あたしは年を取ることができないの。

サチは声を荒げて言いました。そう言うサチをじっと見つめると、ルイは目をそらして洗い物にもどりました。そして、ぽつりと言いました。

——辛かったね。

疑うことを知らないルイはサチの言うことを真に受けたのでした。すると、サチの目から大粒の涙がこぼれ落ちました。そして、ルイには聞こえないほどの小声で言いました。

――あんたに話してよかった。ほんとうによかった。

洗い物を終えて小屋に帰る途中でルイが言いました。

――栄信様には話したの。

栄信というのはサチを助けてくれたあのお坊さんのことです。

――ううん、まだ。

――きっと、力になってくれるよ。

――うん。


それから少し経った頃、サチは栄信様に自分の秘密を話しました。栄信様は、時折涙を流しながら話すサチの目をじっと見つめて聞いていました。そして、長い長いサチの話が終わると優しく言いました。

――そうか。それはさぞ辛かったことじゃろうな。人は不老不死を望むものじゃが、逆に、寿命があるからこそ一日一日を大切に生きていける。それを死ぬことができないとなると、何を目当てに生きていったらいいのか、わからないものな。

栄信様はしばらくの間、しみじみと感じ入っていたようでしたが、急に何か思いついたように言いました。

――ときに、サチ。お前さん、ひょっとして、人魚の肉を食わなんだか。

——人魚って、あの半分人で半分魚の？

——そうじゃ。その肉を食わなんだか。

そう言われてサチは少しの間、目を上に向けて、遠い遠い記憶を辿っているようにしていましたが、ふと思い当たったように言いました。

——そういえば、ずいぶん昔に台所にあった何かの肉を食べたことがありました。あまり昔のことなので、よく覚えていませんけれど。

——そうよなあ。サチは見てくれは小娘だが、儂なんかよりはずっと年上なんじゃものな。そうか、やはり食ったか。

——人魚の肉を食べると、どうなるのですか。

——うん。人魚の肉を食うと、不老不死になるという言い伝えがあってな。儂も話には聞いておったが、ほんとうに食った人に会うのはこれが初めてじゃ。

栄信様の話を聞いて、サチは何とも言えない気持ちになりました。これまで何年も何十年も、さらにもっともっと長い間自分を苦しめ続けてきた、どうして自分は年を取らないのだろう、どうして死なないのだろうという謎が今、ようやく明らかになったのです。このことはサチにとって何よりも大きな喜びでした。けれども、死ぬことができないということに変わりはありませんでした。そのことがサチの悲しみを新たにするのでした。

──栄信様、あたしはどうしたらよいのですか。

たまらなくなってサチは言いました。

栄信様はしばらくの間黙っていましたが、やがて決心したように言いました。

──


と、ここまで書き続けてきたが、この先どうしてもペンが動かなくなってしまった。サチの文字通り命がけの問いに、栄信に何と答えさせればいいのだろう。どうしてもわからない。いくら考えても思い浮かばない。一行も書けなくなって、今日で三日だ。

「駄目だ！」

男はそう叫ぶとペンを放り出して、部屋を飛び出していった。

人影のない夜のアーケードを男は駅に向かって歩いて行った。さびれた駅前を過ぎて少し行くと、狭い路地の向うにバーの看板らしき灯りが見えた。男は紫色の光に吸い寄せられるようにそちらに足を向けた。

『マーメード』

「何かできすぎだな」

男はそう呟くと、ためらうことなくドアを開けて中に入った。薄暗い店内にはカウンターの他、テーブルが三、四脚あり、そのうちの一脚がふさがっていた。男は迷わずカウンターの端に座り、ウィスキーを注文した。カウンターの向うの端には赤い女が一人座っているようだった。低い話し声の間を男の苦手なジャズが流れていた。

東京にいると、編集者が押し掛けてきたり、どこかのホテルに缶詰めにされたりするおそれがあるので、こんな田舎町まで逃げてきたものの、状況に変わりはなかった。どこにいても書けないものは書けない。おまけに締め切りが迫っていた。

（やはり『八百比丘尼』を題材にしたのは間違いだったかな。この町にも伝説が伝わっているので、少しはいいかと思ったんだがなあ）

ちびりちびりやりながら、そんな思いに耽っていると、遠慮がちに声を掛ける者があった。

「あの、隣いいかしら」

カウンターの端にいた女がいつの間にか男のすぐそばに来ていた。女は深いスリットの入った真っ赤なチャイナドレスを着ていた。男の返事を待たずに、女は男の右隣に腰かけた。

「何か飲むかい」

男は女性に対する義務感にとらわれて言った。

「ありがとう。それじゃ、ブラッディ・メアリーをいただくわ」

「健康志向なんだね。僕はトマトが苦手で」

そう言うと男はバーテンダーにブラッディ・メアリーを注文した。

「この町の方じゃないわよね」

男の顔を覗き込むように女は言った。

「うん。東京から来た」

男はそう答えると、女の顔をしみじみと見た。長い黒髪を真ん中で分けていて、目が驚くほど大きかった。それにかなり若い。

「お仕事で？」

「仕事と言えば仕事かな。まあ、半々といったところかな」

「どう、この町の印象は？　初めてなんでしょ？」

「うん。初めて。そうだな、きのう来たばかりでよくわからないけど、何と言っても海がいいね」

「海か、そうね。あたしも海は好きだわ。何しろふるさとだから」

「君はこの町の人なの？」

「そうね、今はここに住んでるわ」

「『今は』ってことは前は他のところにいたんだね」

「そう、あちこちにね」

そのとき、ブラッディ・メアリーが運ばれてきたので、男はウィスキーのお代わりをもらうと、

「それじゃ、乾杯しようか」

と言ってグラスを目の高さまで差し上げた。

「何に？」

「そうだな。よし、君の瞳に乾杯」

「どこかで聞いた台詞ね」

二人は軽く微笑んでカチンとグラスを触れ合わせた。

「ところで、さっきは何を悩んでいらしたの。暗くてよくわからなかったけど、すごく深刻な顔をなさってたみたいなんで、思わず声をお掛けしてしまったわ」

「そんな顔してたかい。いやあ、参ったな」

男は苦笑いした。

「実はこの町には取材で来たんだよ」

「マスコミ関係の方なの」

「いいや。僕は物書きなんだ」

「それじゃ、作家？」

「そんなところだ。で、今回、『八百比丘尼』を題材にして書くことに決めて、実際

書き始めたんだが、途中で筆が止まっちまって書けなくなったんだ。それで、現地に来れば何とかなるかと思ったんだよ」

「ヤオビクニ？」

「そう。『やおびくに』とか『はっぴゃくびくに』とか呼ばれていて、全国各地にその伝説が残っている。人魚の肉を食った娘が不老不死になったのを悲観して、諸国をさまよったあげく、八百歳で自ら命を絶ったという話さ」

男の説明を聞いているとき、女の表情が一瞬曇ったが、男はそれに気が付かなかった。

「『ヤオビクニ』…そう呼ばれているんだ」

女は感慨深げに呟いた。

「この町にも『八百比丘尼』伝説が残っており、それればかりか、比丘尼が亡くなったのはこの町だといわれている。それで、来てみたんだが、どこにいても書けないものは書けないよ」

女は何かじっと考えているふうだったが、やがて思い出したように言った。

「書けなくなったっておっしゃったけど、どの辺まで書けたのかしら」

「人魚の肉を食べて不老不死になった娘は希望を失って数十年、数百年の間、諸国をさまようわけだが、ある僧侶との出会いでかすかな希望を見出す。そして、自分はどうしたらよいのかと僧に問うのだが、僧に何と答えさせればいいかが思いつかなくてペンが止まってしまった。今日で三日間、一字も書いてない」

男はそう言うと、悩ましい目で天井を仰いだ。と、何か思い出したように言った。

「ときに、君はとても若く見えるね。まるでこんな場所にいてはいけない年齢のようだ」

「よく言われるわ。でも、見た目ほど若くはないのよ」

女は寂しげに微笑んでそう言ったが、どう見てもこの女は二十歳以上には見えない。その種の職業の女性にありがちな派手な服装と夜目であることを差し引いてもだ。

「確かに、君の言うように、こんな小父さんの話し相手になれるんだから、君はそれなりの年齢なのかもしれないね。でも、若いよ」

「それで、娘にとってその僧侶が一つの救いなのね」

女は強いてその話題を避けるように言った。

「そうだね。比丘尼というくらいだから、やはり仏門に入ったんだろうね」

男はしかたなく話を合わせた。

「その僧侶に帰依して修行を重ねることによって、ようやく娘は生きる希望を見出したというわけね」

「そうだね」

　男はこの女が難関突破の足掛かりになるのではないかという気がしてきた。まさに藁にも縋る心境だ。そこで男はこのまたとない話し相手をさらに拘束すべく、相手と自分の飲み物をお代わりした。

「じゃ、今度は、君の益々の健康と僕の碌でもない小説に、乾杯！」

　二人はまたグラスを触れ合わせた。男は大分酔いが回ってきたようだが、女の方はそんな様子は全く見られなかった。

「その僧侶が娘に何と言うかで悩んでいらっしゃるのね」

「そうなんだよね」

「よくわからないけど、やっぱり、仏教の精神を分かりやすく説明してあげたり、実際に仏道修行のしかたを見せてあげたりしたらどうかしら」

　女はほんとうに親身になって考えてくれているようだった。

「なるほどね。何となく見えてきたような気がする」

「そして、娘は出家してやがて比丘尼になるのね」

　そう言うと女はピーナッツを一粒つまんで口に入れた。

「でも、一つ分からないことがあるわ」

「何が」

「娘は人魚の肉を食べて不老不死になったのよね」

「そうだよ」

「でも、娘は自ら命を絶ったのよね、八百歳で」

「言い伝えではそうなっているね」

「なぜ不死身なのに死ねたのかしら」

「そう言えばそうだな。自殺なら可能だったのかな。その辺は分からない」

「いずれにしても、仏の教えも娘にとって救いにはならなかったのね」

「それはもっと調べてみなければ分からないけど、生きながら仏になる、いわゆる即身仏になったという説もあるね。言い伝えはともかく、僕は僕なりの解釈で書いてみたいんだ」

「あたしもその方がいいと思うわ」

そう言うと、女は一呼吸おいてから続けた。

「それに、もしかすると、娘は死んでいないのかもしれないわ」

「それはまた大胆な説だね」

「そう。文字通り、不死身でどうしても死ぬことができない娘は今もどこかで辛い辛い生を生き続けているの」

「なんかロマンチックだね」

「当人にとったら、ロマンチックどころじゃないわ。愛する人たちはどんどん年老いていき、自分は若いままその人たちと死別しなければいけないのよ。どんなに辛いことか、あなたに想像できるかしら」

　女は語気を強めた。男は相手の勢いにやや気圧されたように言った。

「いや、僕も娘の辛い心情を中心に書いてきたんだよ。確かに永久に死ぬことがないとしたら、それは想像以上の苦痛に違いない。命には限りがあるからこそ人生は尊いんだ。有限だからこそ目標を持って一日一日を過ごせるのだろう。」

「そうよ。永久に死ねないとしたら、何を楽しみに生きていけばいいの。だから、比丘尼は堪えられなくなって自ら死を選んだのだと思うわ」

　女は少し落ち着いてきたようだ。その様子を見て、男は話題を変えた。

「それはそうと、今日はここに来てほんとうに良かったと思うよ。君のお蔭で書けそうな気がしてきたよ。君は不思議な人だね」

「それは良かったわ。素晴らしい作品ができることを期待してるわね。それにしても、随分と長い時間お話ししてしまったわ。あたし、男の方とこんなにお喋りするの初めてよ」

「僕の方こそ長いこと付き合ってくれてほんとうに感謝してるよ。何より貴重な示唆を与えてくれたんだから」

「じゃ、お互い無駄じゃなかったのね。良かった。でも、あたし、自分のことは何も話さなかったわ。なぜお聞きにならないの」

「それほど野暮じゃないよ」

男はそう答えたものの、ほんとうはどんな素性の女性なのか興味があったが、あまり深入りはしない方が得策だと頭のどこかで判断したのだった。

「お互いに楽しいひと時を共有できればそれでいいんじゃないかな」

「それもそうね」

女はそう言って微笑を浮かべると顔を伏せた。それが男にはいかにもあどけない表情に見えた。

「それじゃ、あたし、もう行くわね」

女は意を決したように言った。

「あっ、そう」

男は慌てて立ち上がった。

「今日はほんとうに有り難う。ご馳走様でした」

「こちらこそ有り難う。お蔭でいいものが書けそうだよ」

女は軽く会釈をし、くるりと背を向けると、滑らかな足取りでドアに向かい静かに出て行った。男はしばらく立ったまま女が出て行ったドアを見つめていたが、ふと我に返ると店内を見回した。他に客の姿はなかった。カウンターの向うではバーテンダーが静かにグラスを磨いていた。

勘定を済ませて外に出ると、酔った頭に夜風が心地よかった。辺りを見回してみても女の姿はどこにも見えなかった。男は先程の会話で得たイメージを一刻も早く具象化するべく、人気のない深夜のアーケードを足早にホテルまで戻っていった。

ホテルの部屋に戻ると、すぐに男は机の上に出しっ放しになっていた原稿用紙に取り組んだ。先程とは打って変わって、驚くほどすらすらと筆が進んだ。酔いはもう醒めていた。物音一つしない静かな部屋の中を男が万年筆を走らせる音だけが流れていった。

薄いカーテンを通して薄日が差し、小鳥が鳴き始め、何かの生活音がし始めた頃、男はついに脱稿した。短編とはいえ、久し振りに手が痛くなるほど一気に書き上げた。この充実感が堪らなく好きだった。急に緊張がほぐれたせいか、いちどきに疲労感と猛烈な眠気が襲ってきた。目玉が脳味噌に張り付きそうだった。男は堪らなくなってベッドに潜り込んだ。

男が目を覚ましたのは、世間の人々がそろそろ一日の活動を終えようとする刻限だった。カーテンを開けると、すでに秋の陽は傾きかけていた。男は急いでシャワーを浴びると、ジャンパーをひっかけて表に出た。

男が今いるこの町には『八百比丘尼』伝説が伝わっており、なおかつその終焉の地といわれる場所までもがあることは事前の調査でわかっていた。だが、書けないことで頭が一杯だったので、そこへはつい行きそびれていた。明日、東京に戻ることを思うにつけ、やはり現地にいながら訪れないのもどうかと思い、急遽行ってみることにした。

『八百比丘尼』ゆかりの寺はホテルから歩いて十分ほどのところにあった。海岸から少し入ったところに変わった形の校舎の小学校があり、その裏手にその寺はあった。もう時間的に遅かったので、男は境内のみ拝観させてもらった。すると、山門の脇に比丘尼が入定したと伝えられる洞窟があった。男は外から覗いてみたが、暗くてよく見えなかった。中へは入れるようになっていたが、臆病な男はその勇気がなかった。傍らの案内板には『八百比丘尼』の由来が書かれていたが、男が知っている以上の新しい情報はなかった。洞窟の入り口付近には花が供えられていた。今でも比丘尼に同情して花を手向ける人がいるのだろう。男は洞窟に向かって手を合わせ瞑目した。

ようやく作品を書き上げて気が大きくなった男は自分へのご褒美にと、また、当地の記念にと鮨を奮発することにした。投宿しているホテルの近くに見るからに高そうな鮨屋があったので、男は迷わず暖簾を潜った。男はカウンターに席を占めると、日本酒を注文した。カウンターで鮨を食べるなんて何年振りだろう。しみじみとそう思いながら、じっくりと味わった。流石は港町だけあってネタはどれも新鮮で美味かった。自然、酒が進んだ。

カウンター越しに大将とありきたりの話題で話していると、男はふと昨夜のことを思い出した。あの不思議な女のお蔭で、書きあぐねていた小説を完成させることができたのだから、もし会えることなら、礼の一つも言うべきだろう。そう思いつくと、男はそそくさと鮨屋をあとにした。

昨日と同じく、駅前を通り過ぎて狭い路地を入った。『マーメード』はすぐに見つかった。男は扉を押すと中へ入った。店内の様子は昨夜と変わりなかった。テーブルにひと組客がいてジャズが流れていた。が、カウンターには人の姿はなかった。男は尚も店内を見回してから昨夜と同様カウンターの左端に腰を下ろした。すぐに見覚えのあるバーテンダーが寄ってきて声を掛けた。

「いらっしゃいませ」

昨日の今日だから、憶えていてくれたようだ。

「ウィスキーを」

男はそう言うと、もう一度カウンターの向うの端に目をやった。

（今日は来ないのかな。それとも、これからかな。昨日の今頃はいたよな）

男はそう思ったが、少し待ってみることにした。

それからの一時間はとてつもなく長く感じられた。待ち人は来ないし、嫌いなジャズは流れているし、おまけに騒がしい客がひと組入ってきて、いつの間にか現れた年増のホステスとふざけて胴間声を張り上げるし。堪らなくなった男はついにバーテンダーに声を掛けた。

「ねえ君」

「はい」

「僕のこと、憶えてる？」

「はい。昨夜いらっしゃいました」

「ゆうべここにいた女の子はよく来るのかな」

「ゆうべの子とおっしゃいますと？」

「ほら、長い髪で真っ赤なチャイナドレスを着た子」

「当店のホステスはあそこにいる、あの子だけですが」

そう言ってバーテンダーは先ほどの年増を顎で示した。

「いや、従業員じゃなくて、お客でさ、髪が長くて真っ赤なチャイナドレスを着た若い子だよ」

「いいえ、そういうお客様はいらっしゃったことはないと思いますが」

「ええ、だって君も見たでしょ。ここで僕の隣で飲んでたでしょうが」

「いいえ。お客様はお一人で飲んでいらっしゃいましたよ」

　相手の意外な答えに男は少しいらいらしてきた。

「そんなはずはないよ。ブラッディ・メアリーを注文したでしょ」

「いいえ。お客様はお一人でウィスキーを飲んでいらっしゃいました。時折独り言をおっしゃっているようにお見受けはしましたが」

　バーテンダーの顔に憐憫の表情を認めて男はむきになって繰り返した。

「そんなばかなことがあるものか。僕らはあんな長いこと話してたのに」

　そう言ってから男は言葉を切って下を向き、しばし沈思黙考した。

（もしかすると、自分は飲みすぎて正気を失っていたのだろうか。いやいや、そんなに飲んじゃいないぞ。それとも夢でも見ていたのだろうか。しかし、夢にしてはあまりにもリアルだったな）

　男が悄然とそんな思いに耽っていると、バーテンダーが見かねて声を掛けた。

「お客様」

「え？」

　男は顔を上げた。

「実を申しますと、お客様が初めてではないのです。店の評判に係わるので、あまり申し上げたくなかったのですが」

「何が？」

「お客様が先ほどおっしゃっていた女性のことです」

「あの女がどうしたって」

男は不機嫌に言った。

「お客様と同じように、この店で会った若い女性についてお尋ねになる方は何人もいらっしゃるんです」

「何人もいるって、僕の言う女のことかい」

「おそらくそうだと思います」

「それで、やはり君はその女を見ていないんだろ」

「そうです。私は見ていません」

「ゆうべは初めはあそこに座っていたんだ。真っ赤なチャイナドレスで」

そう言って男はカウンターの右端を指さした。

「皆さん、同じことをおっしゃっていました」

「他の人たちには見えないんだね」

男は〝見ない〟から〝見えない〟と言い方を変えた。

「そうです。カウンターで一人で飲んでいらっしゃった方だけが間違いなく見た、見ただけじゃなく、話もしたと口をそろえておっしゃいます」

男の背中を冷たいものが這い上がった。

（それじゃ、俺は幽霊と飲んでたっていうことか）

男はその結論に考えが及ぶと、今更のように身震いした。そして、こわごわと分かりきったことを尋ねた。

「それで、その女はどんな恰好だった？」

「お客様がおっしゃったとおりです。長い髪で真っ赤なチャイナドレスを着て」

それでもう充分だった。気の弱い男は居たたまれなくなって早々に『マーメード』をあとにした。ホテルまでの帰り道も後ろを気にしいしい足早に過ぎていった。先程味わった極上の鮨の味などすっかり忘れてしまっていた。そして、部屋に着くや否や、男は布団をかぶって寝てしまった。


翌朝早く、男は意外にもすっきりと目覚めた。ゆうべの記憶ははっきりと残っていたが、この土地の持つ雰囲気がそれを和らげてくれた。窓を開けると、潮風が快かった。漁船が次々と帰港してくるのが見えた。これから港で競りが始まるのだろう。

一階のビュッフェで朝食を摂りながら、男は考えた。

（ようやく書き上げられたのは良かったが、何か不思議な気分だな。まさか幽霊にヒ

ントをもらうとは思わなかった)

「まいったな」

思わず思いが言葉に出ていた。隣のテーブルで食べていた、出張のビジネスマンと思しき若い男性がこちらを振り向いた。

(でも、いい女だったな。取り憑かれても良いくらいだ)

男はそんなことを考える余裕ができていた。とにかく小説は完成できたし、景色はいいし、空気はうまいし、鮨はうまいし。男のこの町に対する印象は総じて頗る素敵なものとなったことは確かだった。それにここは知る人ぞ知る観光地としても有名だそうで、是非、次回はプライベートで訪れてみたいと男は切に思った。

男は部屋に戻ると、荷物をまとめ始めた。そして、後ろ髪引かれる思いで午前の特急でこの地を後にするのだった。


それから二、三日後、都内の某所で男は出版社のN君と祝杯を挙げていた。勿論、小説の完成を祝ってのものだった。男にとっては――先日の鮨を除いて――久し振りの美味い酒だった。

「さ、先生。どんどんやってください」

N君は陽気に言った。

「いや、もう充分いただいたよ」

真赤な顔をして男は言った。

「そんなことおっしゃらずに、どうぞどうぞ」

そう言うとN君は猪口を差し出した。

「でも先生。今回はちょっと苦労されましたよね」

「うん。今回は短編集だったんだけど、最後の一作が書けなくてね。ふと短編を書いてみたくなったんだが、慣れないことはするもんじゃないね」

「それで逃げちゃったんですね」

N君は悪戯っぽく言った。

「いや、申し訳ない。でも、取材も兼ねてたんだぜ」

「それで、現地へ行ったらインスピレーションを得られたんですね」

「うん、まあそうなんだけど」

男は筆が止まってどうにもならなかった小説を完成できた経緯を話すべきか否か、しばし考えた。やがて、アルコールのせいで自制が崩れたものか、おもむろに口を開いた。

「N君。君、幽霊を見たことあるかい」

「幽霊ですか。いえ、自分はそういうのは疎い方で。先生はあるんですか」

「うーん。この前不思議なことがあったんだよ。実はね……」

そう言って男は今回の出来事を一部始終語り始めた。


同じ頃、客のいなくなった『マーメード』に二人の男女がカウンターを間に挟んで相対していた。男はグラスを磨きながら、女の方はブラッディ・メアリーを前にして話し込んでいた。

「それにしても、今回は少しやり過ぎじゃなかったかしら」

「そんなことないさ」

男はそう言うと、グラスに息を吹きかけた。

「あたしのことは見たことがないとだけ言えばよかったのよ」

「あまり深刻そうに見えたので、ちょっと悪戯してみたくなったのさ。だいたい、あの男に先に声を掛けたのは君じゃないか」

「それはそうだけど。あの人、あたしのこと完全に幽霊だと思ってるわ」

「それならそれでいいじゃないか」

「まあ、ある意味幽霊と変わりはないけどね。でも、あの人が作家で、不老不死をテーマに書いていると知ったときはほんとうに驚いたわ」

「不老不死は古今東西、永遠のテーマだからね。ありそうなことだよ」

「あのセンセイ、書けなくて相当悩んでたようだけど、あたしと話して何か得るところがあったようよ。帰る頃には晴れやかな表情をしていたもの」

「人助けができて良かったじゃないか」

「そうね。たまにはいいこともしないとね。でも、あたしたちはこれから先、何十年も何百年も生きていかなけりゃならないのよ。無邪気な悪戯でもして退屈しのぎをしないとやってられないわ」

「確かにね。ところで、この土地もそろそろ飽きてきたな。ここに来て何年になるかな」

「神戸から空襲を逃れて来たんだから、もう結構長くなるわね」

「そうか。それじゃ、またどこかに移動しようか。今度は久し振りに外国へ行くのはどうかな」

「外国か。昔は大変だったわよね。何しろ木造船で風を待ってのろのろ進むんだものね。それこそ命がけだわ」

「他の人たちにとっては命がけだけど、僕たちは問題ないじゃないか」

「それはそうね。あたしたちの体ってそういうときは便利だわね」

「昔に比べりゃ今は随分と進化したよね。何てったって空を飛んじゃうんだものな」

「そんなこと言ってると笑われるわよ。時代の変化にしっかりついていかなきゃ。でも、思い出すわ。いろんな所に行ったわよね。それもあなたがいたからよ。あなたに会うまではそんな余裕はなかったわ。死ぬことばかり考えていたわ。毎朝目覚めると、ああ、まだ生きてるって感じて絶望したわ」

「僕も同じだよ。最初の頃は便利な体を手に入れたのが嬉しくて、やりたいことをやりまくったけど、そのうちにやり尽くしてしまって、あとは何をしたらいいかわからなくなって、途方に暮れてしまった。周りからは化け物扱いされるし」

「そんなときあたしと出会ったのね」

「そう。自分と同じ境遇の人がいたことを知って、どんなに救われたかしれない」

「あたしも。来る日も来る日も死ぬことばかり考えて暮らしていたのが嘘のようだったわ」

「それからはお互い前向きになれたよね。確かに僕たちの境遇に変わりはないけれど、二人だったら何とか乗り越えていける気がした。これからも二人で一緒に助け合っていこう」

男はそう言って、カウンターの上に置かれた女の両手を自分の両手で優しく包み込んだ。

「そうだわ」

突然、女が言った。

「どうしたの、急に」

「あたしも本を書こうかしら」

「書くって何を？」

「ほら、あたしたち長く生きてるでしょ。だから、いろんな出来事を見てきてるじゃない。それを書くのよ。正しく時代の生き証人だわ」

「なるほど。でも、ほどほどにしておいた方がいいよ。だって、実際とは大分違う史実がたくさんあるからね。それをみんな公表してしまったら、世界中が大恐慌を起こしかねないよ」

「それもそうね。そうして、そうする一方で、あたしたちは世界中を探し回るのよ。あたしたちと同じ境遇の人たちを求めて」

　そう言うと、女は目を輝かせて男の両手を強く強く握り返した。

著者プロフィール

風団 絲（ふうだん いと）

群馬県在住

著書『自由に、しかし孤独に』（文芸社　2012年）

とわいす・とおるど・てえるず

2021年１月15日　初版第１刷発行

著　者　風団 絲
発行者　瓜谷 綱延
発行所　株式会社文芸社
〒160-0022　東京都新宿区新宿１－10－１
電話　03-5369-3060（代表）
03-5369-2299（販売）

印　刷　株式会社文芸社
製本所　株式会社MOTOMURA

ISBN978-4-286-22200-4